グリーン・ノウの石

The Stones of Green Knowe

ルーシー・M・ボストン 作
ピーター・ボストン 絵　亀井俊介 訳

評論社

THE STONES OF GREEN KNOWE

by Lucy M. Boston

Original English language edition published
by Faber and Faber Ltd., London.
Japanese translation rights arranged with
Diana Boston through Tuttle-Mori Agency Inc., Tokyo.

グリーン・ノウ物語6

グリーン・ノウの石

もくじ

1　石の家

　もう一年ちかくも、ロジャーは新しい家のぶあつい石の壁《かべ》がどんどん立っていくのを見てきた。この家がすばらしいものになることは、ずっとまえからうわさになっており、ロジャーもよく知っていたので、いつも心をおどらせ、わくわくしながら見つめてきた。

　これまでのところ、とてもどっしりしていることのほかには、古いサクソン館とそれほど変《か》わらなかった。矢を射《い》るための細長いすきまが窓《まど》になり、二列にならんだ木の柱が中途《ちゅうと》まで立って、二階の床《ゆか》をささえることになっていた。戸はなかった。ロジャーが大工用《だいくよう》のはしごを外からのぼって内側《うちがわ》におりると、まるで牢屋《ろうや》にはいったような気分になったり、とても安全な場所にいる気持ちになったりした。なにをして遊んでいるかによって、そのどちらにもなるのだった。

　ロジャーは、いままで石の家というのを見たことがなかった。おまけにこの家は二階建《だ》てで、上の階と下の階とからなるのだ。これ以上《いじょう》りっぱな家がありうるだろうか？　家の人たちがすむのは二階であり、玄関《げんかん》の戸口も、外側の階段《かいだん》をのぼった先の二階にできるはずだった。一階は、ものをたくわえておくところに使われるだけなのだ。想像《そうぞう》もつかないような家だった。

この村の家は、みな、木でつくってあるか、枝《えだ》を編《あ》んで粘土《ねんど》を塗《ぬ》りこんだ壁でできているかのどちらかだった。ロジャーの家族がいままですんでいた館《やかた》も、丸太づくりで、がっしりしているが、暗くて、すすけていた。壁や梁《はり》は明るい色に塗ってあったが、床のまん中の暖炉《だんろ》の煙《けむり》が、屋根にできている煙突穴《えんとつあな》にむかってうねりながらのぼっていくので、黒ずんだ色になっていた。それでも、ひどく寒い日に川岸で釣糸《つりいと》をたれながら、家に帰ったときの楽しさを考えると、この家のすすけた木のにおいや、食べものや、すんでいる人たちや、鼻先をぬらした犬や、わらや家畜小屋《かちくごや》(四頭の牛となん頭かのすぐれた馬とが、家の中に小屋をあてがわれ、家族といっしょにいた)が、このうえなく心地よいものとして、ロジャーの心にうかんでくるのだった。

このサクソン館は、マナーとよばれる領地《りょうち》のまん中にあった。ロジャーのおとうさんのオズモンド・ドルノーが、いまそこを支配《しはい》していた。オズモンドは、ノルマンの伯爵《はくしゃく》につかえ、その娘《むすめ》のエレノアと結婚《けっこん》していた。館は、もと、川の小さなよどみに半分かこまれた土地に建っていた。国王のウィリアム・ルーファスが亡《な》くなって、国じゅうが乱《みだ》れたとき、オズモンドはそのよどみを深くし、はばをひろげ、川と切りはなして堀《ほり》にしたて、その内側に柵《さく》をめぐらした。もしも攻撃《こうげき》をうけたら、村の人々やすべての家畜が、この内側に避難《ひなん》できるわけだ。

オズモンドはいった。

「かしこい人間なら、平和がいつまでもつづくなんて思いはしないよ。だが、こんど建てる新しい家は、いつまでもつづいてほしいものだ。ここの教会は、伯爵がお建てになった。ご子息《しそく》が十字軍《じゅうじぐん》から帰られたときの、神さまへの感謝《かんしゃ》のしるしとしてだ。わがむすこのバーナードが戦《たたか》いから無事《ぶじ》でけがもせずに帰って、もうすっかりできあがったりっぱな石のマナー館に母上がすまわれているのを知ったら、どんなにうれしく思うだろうか？」

オズモンドは、妻《つま》をなぐさめるためにこういった。長男のバーナードが、まだノルマンディーにすんでいる伯爵の兄のもとへ小姓《こしょう》として行っているからだった。しかもずっと戦争《せんそう》つづきで、この六か月というもの、バーナードからなんの便《たよ》りもなかった。おかあさんはあけてもくれても心配していた。バーナードはたった八歳《さい》のとき、伯爵の家に送られた。いちばん上のむすこが、じぶんの出世と家族どうしの団結《だんけつ》のために、もっと地位《ちい》の高い親戚《しんせき》のもとで育てられるのはごくふつうの習慣《しゅうかん》だったが、エレノア夫人《ふじん》には、こうして別《わか》れていることがいつまでたってもたえられなかった。ほかのどのむすこも、この最初《さいしょ》のむすこのうめあわせをすることはできなかった。夫人は、ふたりの娘につらくあたり、娘たちは、折《おり》あるごとに弟のロジャーに対して腹《はら》いせをした。この家の小姓たちは、ロジャーよりも年上だった。そしてひまさえあれば、女の子たちとじょうだんをいいあったり、うまくすると相手をだきしめることができる目かくし遊戯《ゆうぎ》をしたり、ばかげた話をしあったりしていたので、ロジャーはひとり、とり残《のこ》されがちだった。

ロジャーをいちばん愛《あい》してくれたのは、おばあさんだった。オズモンドの母にあたる人で、ノルマン人に征服《せいふく》されたサクソンの高貴《こうき》な生まれだ。いますんでいる家も、むすこのものになっているが、もとは結婚して以来ずっとおばあさんのものだった。エレノア夫人は、おばあさんにとっては義理《ぎり》の娘ということになるわけだが、ノルマン人なので、母にあたる人をただのサクソン人として見くだしていた。おばあさんがサクソン人だということは、だれにもよくわかった。なぜなら、ノルマン人に嫁入《よめい》りした娘のころから、おばあさんはフランス語を話すことを教わっていたけれども、本物のノルマン人のようにはけっしてしゃべらなかったからである。おばあさんはむすこのオズモンドを愛していた。そしてそのつぎには、すべての愛情《あいじょう》をロジャーにそそいだ。サクソンの古い伝説《でんせつ》や物語を話してくれたのも、おばあさんである。その話の中では、ノルマン人がよく敵《てき》になり、しかも勝っているばかりではけっしてなかった。

そういう話も、おばあさんはサクソン人がむかしから使っていた英語《えいご》で語った。英語がこの民《みん》族《ぞく》の心をあらわすのにいちばんぴったりしていたのだ。このことは、おばあさんとロジャーのあいだの秘密《ひみつ》にしておかなければならなかった。エレノア夫人がゆるさなかったからである。ノルマンの家庭では、フランス語を使うのがよいことだとされていた。英語は、もとからこの土地にいた下級の人たちのものだとされていた。しかし、おばあさんはじぶんの生まれを誇《ほこ》りにし、征服者たちにはけっしてできないほど、じぶんの生まれた国土を愛していた。そしてロジャーに対し、おまえには有名なサクソンの先祖《せんぞ》がおられ、おまえの血の中にはここの、この土地への愛が流れているのだよ、と教えた。

　ロジャーは次男で、十一歳であり、ちょうど大工たちの仕事にいちばん興味《きょうみ》を持つ年ごろだった。このあたりは沼《ぬま》の多いひくい土地で、石がぜんぜんなかったから、奥地《おくち》の石切り場からはこんでこなければならなかった。石はそこではしけに乗せられ、水の流れに乗って、らくらくと川下へはこばれた。そしてマナーのそばに着くと、荷車につみ、やしきまで牛にひかれてきた。はるか上流の、川が大きく曲がっているあたりにはしけがあらわれると、ロジャーはいつもすぐに見つけ、まるでじぶんが監督《かんとく》しているように緊張《きんちょう》して、荷おろしがおわるまで見つめていた。

壁はざらざらした石を注意深くはめこんでつくられた。大きな石は、へやのすみや、窓のふちや、アーチにうまくはまりこむように、その場で細工《さいく》された。石工頭《いしくがしら》は、領主のむすこにとてもやさしかった。たぶん、どの子にもそうだっただろう。ロジャーに、さわってみてもいいよ、といってくれた。どの石にも、木目《もくめ》のように石目《いしめ》があり、その石目が水平になるようにおかないと、石が割《わ》れてしまうことも教えてくれた。石工頭は、とても大切に石をあつかった。

そしてこういうのだった。

「石にも、よい石と悪い石があるんですよ。生きているといってもよいくらいでさ。日に当たってぬくもっている、自然《しぜん》のままの石に手をおいてごらん。石は死んじゃあいないってことがわかりますよ。たとえば、生きている動物の骨《ほね》とおなじでさ。お日さまは、石と骨を差別《さべつ》なさらないんだね。もともと悪くてどうにもしようがない石もあれば、がんじょうで、忠実《ちゅうじつ》で、いつまでももちこたえる石もある。おまけに、石は、それが使われる場所にふさわしい性格《せいかく》をそなえるんですよ。ほら、この石はぼっちゃんのへやの壁に使うやつです。これは石切り場から取ってきたのではなく、石商人が持ってきました。海賊《かいぞく》のヴァイキングたちが焼《や》きはらった小さな教会にあったんですよ。サクソンの十字架《じゅうじか》がついているでしょう。あっしは、これを二階のへやに使うために、とっておいたんですよ」

ロジャーは、ふだん、騎士道《きしどう》の技術《ぎじゅつ》を習って、朝をすごしていた。というのも、大きくなったら、戦いに出る騎士になるはずだったからだ。かたい革《かわ》でできたまがいの鎧《よろい》を着、木の楯《たて》を持ち、馬に乗って、騎士にふさわしい戦いの仕方の初歩を練習した。じょうずに勇《いさ》ましく馬を乗りこなさなければならなかったし、タカ狩《が》りも心得《こころえ》ていなければならなかった。

ロジャーの姉たちも乗馬やタカ狩りをしたが、横乗りをし、手綱《たづな》をひかれた馬の上に気どってすわっているだけだった。しかもこのごろは、館の建築《けんちく》で大いそがしなので、かわいそうに家の中にとじこめられ、大きな家に必要《ひつよう》なリンネルを機《はた》で織《お》り、骨でつくった細い針《はり》で刺繍《ししゅう》する仕事をさせられていた。姉たちは、乳《ちち》しぼりの時間に牧場《まきば》へ出かけていく農家の娘でさえ、うらやましかった。ノルマンのやり方では、牛を牛舎《ぎゅうしゃ》に連《つ》れてくるのではなく、娘たちのほうが、両肩《りょうかた》に天《てん》びん棒《ぼう》をかつぎ、木でつくったふたつのバケツをはこんで、野原のあちこちに散《ち》らばっている牛を見つけだしては、その場で乳をしぼるのだった。

姉たちとちがって、ロジャーはしたいことをしていてよかった。乗馬のけいこがおわり、馬の手入れをしてしまうと、ロジャーはじぶんでなにかすることを見つけなければならなかった。館の建築はあまりにも長いことかかったから、すこしたいくつになりかけていたが、ようやく二階をつくる仕事にかかると、またまえのような興奮《こうふん》がよみがえってきた。滑車《かっしゃ》が、出窓になる大きな石を持ちあげて、きちんとおさめるのを見ると、胸《むね》がおどった。石を持ちあげるための綱をひく人たちの仲間《なかま》に加《くわ》えてほしかったし、じぶんも窓づくりに参加《さんか》することをゆるしてほしかった。これまでまっすぐに立てた木のあいだの小さなすきましか知らなかったロジャーにとって、この窓は光をとり入れるためのとほうもなくすばらしい発明のように思われた。もちろん新しい教会では見たことがあったが、これからじぶんのすむ家にそれができるなんて、ほとんど考えられないくらいだ。まだ屋根のついていない壁に最初の出窓がきちんとおさまり、そのアーチとふたつの窓のあかりとが空を背《せ》にしてくっきりと形をなし、そのむこうに大きな白い積雲《せきうん》がむくむくとのぼるのを見ると、ロジャーの心は誇らしい気持ちでおどりあがった。

ロジャーはいつもここにいて、こういうすばらしいものを見ているわけにはいかなかったが、勉強にわずらわされることはなかった。弟のエドガーが修道院《しゅうどういん》でラテン語の読み書きを習っており、みんな、一家族にひとり、そういう便利《べんり》な知識《ちしき》を持っていればじゅうぶんだと思っていた。ロジャーは、乗馬や、タカ狩りや、弓矢や、計算や、祈《いの》りをとなえることや、たて笛のフラジョレットを吹《ふ》くことや、行儀《ぎょうぎ》に気をつけることができれば、領主の次男としてほかにしなければならないことはなかった。なかでも、多分、行儀作法《さほう》がいちばん大切だった。

ふつう、領主もその家族もじぶんではたらくことはなかったが、しかしロジャーはまだ子ど

もなので、おとうさんは非常《ひじょう》の場合には役に立ってほしいと考え、羊の群《む》れの番をする仕事をあてがっていた。ふだんならその仕事をするはずの羊飼《ひつじか》いのむすこが、もう大きくなって、バケツをはこんだり、手おし車をおしたりして、大工たちの手助けをしていたからである。エレノア夫人は、羊番なぞ農民の仕事であり、伯爵の孫《まご》のすることではないといって、いい顔をしなかったが、オズモンドは、この仕事にいやしいことはなにもないといいはった。清潔《せいけつ》な仕事だし、この子が大工たちのじゃまをしないように遠ざけておくこともできる、というのだった。

「悪い言葉にしたって、大工から習うことはあっても、羊から習うことはないだろうからな」

「それはそうですね。ロジャーときたら、このごろではもう英語しかしゃべらないんですから」とおかあさんはいった。

ロジャーは、朝早く犬のワチェットといっしょに出かけ、羊たちをかこいから出してやると、笛を吹いたり、ナイフで小さなボートを彫《ほ》ったり、木にのぼったり、おかあさんのために薬草をあつめたり、夏祭りに軽業師《かるわざし》たちがやっていたのを見たことがあるとんぼがえりを練習したりして、長い時間をできるだけ楽しくすごした。だが、羊の番をおろそかにすることはできなかった。子羊をさらっていきそうなタカがいたし、ちかくの森や、もっと遠くの林にも、キツネや、イタチや、オオカミがいたからだ。キツネやイタチが相手なら、ワチェットでもたよりになった。オオカミはきびしい冬でなければめったにこなかったが、もしやってきたら、ワチェットが組みつき、ロジャーがナイフか棒を持ってむかっていかなければならなかった。まだそういうことはいちども起こらなかったが、思っただけでも責任《せきにん》の大きさを感じた。ロジャーは、なんどか馬に乗って、オオカミ狩りについていったことがあった。そして、オオカミが野生の犬のようなものであり、いざ戦う段になれば、ワチェットも負けずに勇ましくなることを知っていた。

一日が、まるでおわりのないように長く思われた。ロジャーは遠くに、大工たちの音や、石工が調子よくハンマーをたたく音や、壁の上から下にむけてどなっている命令《めいれい》の声や、下から上をよんでいるおとうさんの声や、昼食の時間になって、みんながいっせいに仕事をやめるときのガヤガヤいうざわめきを、聞くことができた。ロジャーは、パンと山羊《やぎ》の乳のチーズを食べると、じぶんひとりとり残されているような気がした。ヒバリが空いっぱいにさえずっているのさえ、このむなしさを強調するばかりで、いっそうさびしく思えた。

だが午後になると、ワチェットとのら犬がけんかをして、おもしろくなってきた。春だったから、犬がうろつく季節《きせつ》だった。ワチェットは、なにかこそこそしているのら犬を見ると、いきなり首筋《くびすじ》と背中の毛をさか立て、とびかかっていった。羊はちりぢりになったが、またよりあつまって、じぶんたちの親分格《おやぶんかく》の戦いをびっくりしながら見まもった。戦いはしばらくつづいた。はじめは猛烈《もうれつ》にやかましかったが、たがいに相手に口いっぱいかみついたため、ものすごくしずかになった。こういう場合、じぶんの縄張《なわば》りにいる犬のほうが、いつも勝つといわれている。ついに侵略者《しんりゃくしゃ》は足をひきずりながら退散《たいさん》した。ワチェットは耳をひきやぶられ、肩を切りさかれて、血まみれになり、ハアハアあえぎながらもどってきたが、すごくおもしろかったですよとでもいうように、ロジャーに歯をむきだしてわらい、キラキラした目をむけた。

夕方ちかく、羊飼いがやってきて、羊の群れを見わたしたが、すべてはうまくいっていた。羊飼いの犬のベスと、ワチェットは、友だちだった。ベスが戦いのあとを調べると、ワチェットは得意《とくい》そうなようすだった。羊飼いは、羊のかこいのそばのかがり火の横で見張《みは》りながら、夜をすごすことになっていた。ロジャーは安心して家に帰ってよかった。

家のちかくまでくると、窓がもうひとつできあがっているのが見えた。西側の壁にみごとな窓がふたつできたわけで、石は、しずんでいく太陽の光をうけて、バラ色にかがやいていた。

2　暖炉

大工《だいく》たちは、いちばんちかくの原っぱに工事用の小屋をあてがわれ、そこで、毎晩《まいばん》、たき火をかこんで、じぶんたちの旅行談を聞かせあった。石工は数がすくないため、はるか遠くから、船に乗って旅してきていた。村人も加《くわ》わって、この人たちのめずらしいニュースやうわさ話を聞いた。ロジャーも、家族からこっそりぬけだせるときは、よろこんでいっしょにすわって、耳をかたむけた。

大工たちの話は、どろぼうのことだったり、執念深《しゅうねんぶか》い争《あらそ》いや待《ま》ちぶせ攻撃《こうげき》のことだったり、高い地位《ちい》についている悪者のことだったりした。また、不注意《ふちゅうい》から起こるおそろしい事故《じこ》の話もあった。けっしてはしごの下を歩いてはいけないとか、もし自慢《じまん》しすぎて運命の女神のいかりをかったら、イエスさまがはりつけになった聖十字架《せいじゅうじか》も木でできていたのだから、すぐさま木にさわるとよい、という話もあった。大工たちは、また、けだものや鳥がふしぎな予言をすることとか、悪魔《あくま》のおそろしい仕業《しわざ》についても話した。ロジャーのように熱心《ねっしん》な聞き手がいると、話はますますおそろしく、すばらしくなっていった。奇蹟《きせき》の話もあった。ある教会が、むかしの異教徒《いきょうと》たちに破壊《はかい》されたが、天使によって、ひと晩のうちに建《た》てなおされたという話もあった。そのとき、天上に音楽がひびき、ごく自然《しぜん》に川にそってずっと遠くまでつたわり、はるか遠くの沼《ぬま》からも聞こえたという。

ぽかぽかとあたたかい春の陽気がつづき、そのあいだ、建築《けんちく》は休むことなく行われた。ロジャーが羊の番に出かける朝の五時には、小鳥の歌声が耳をつんざくばかりで、そのあとには、羊や子羊たちが一日じゅう野原でよびあう声が、負けずおとらずにぎやかだった。川は、たくさんの種類《しゅるい》のカモが水をはね、くるったようにわめきながら、ぐるぐる追いかけあっていて、にぎやかだった。ロジャーがちかづくと、カモは重なりあって飛《と》びたった。サギはさかなをとり、羽を鳴らしながら輪《わ》をえがいて飛んでいた白鳥は、水かきのついた足を、まるでスピードを落とすための機械《きかい》のようにまえにさしだしながら、水の中にすいとおりてきた。川ぞいの土手には、ウサギがとびでてきたが、ロジャーとワチェットを見ると、あわてて逃《に》げだした。野ウサギは、体の重い犬にはとても追いつけないほどのすばやさで、はねていった。川岸やしげみの中は、いたるところで、鳥やけだものがガサゴソとじぶんたちの仕事にはげんでいた。大地から大空の中まで、刻一刻《こくいっこく》と絶え間《たま》なく変化《へんか》する生命の営《いとな》みがあった。植物は芽《め》をふいて花ひらき、動物は巣《す》をつくってひなを育て、こまごまと身づくろいをし、若《わか》い仲間《なかま》をよび求《もと》め、かくれたり、見張《みは》ったり、追いかけたりしあっているのだ。

ロジャーは、だれにも負けないほどしんぼう強く観察《かんさつ》する子だった。川の上流に行くと、おさないカワウソが遊んでいるのを観察できる小さな池があった。ロジャーはそこで、アナグマがよごれた冬の寝《ね》わらをはこびだし、これからくる季節《きせつ》のために新しいシダを持ちこんでいるところを見た。クサリヘビが川のそばで日光浴《にっこうよく》をする場所も知っていたし、すいすいと飛ぶカワセミの巣がある場所も知っていた。ときには、林のはずれで、シカを驚《おどろ》かせて、かくれ場にとびこむひまも与《あた》えないこともあった。林には、いやな動物もいた。オオカミやクマよりも危《き》険《けん》なのは、沼地にかくれている野生のイノシシだった。

朝早く、ロジャーは夜番の羊飼《ひつじか》いと交代し、夜明けの太陽でピンクと紫《むらさき》のしまになって染《そ》まっている大空の下に、ただひとりいると、じぶんが、人間というめったにない、特別《とくべつ》の生物であることをひしひしと感じた。それに対して、全世界に満《み》ちあふれるなん百万ものほかの種類の生物は、それぞれ楽しくやっているようではあるが、いつもこのうえなく気を張りつめて生きぬいているのだ。

昼になると、ロジャーは寝そべって、五月の太陽の光をあびた。体の下のあたたかい大地は、じぶんのものだった。森の木立《こだち》がすぐそばにせまっているあいだをくねくねまがって流れている川もじぶんのものなら、ミツバチも、ミツバチが飛びかっている花もじぶんのものであり、あの高く、大きく、明るい、新しい家も、間もなく、生涯《しょうがい》、じぶんのものになるはずだった。兄のバーナードは、ノルマンディーにあるエレノア夫人《ふじん》の土地をうけつぐことになっていたし、弟のエドガーは、そう遠くないところに小さな領地《りょうち》を所有することになっていた。だがロジャーがうけつぐ分は、じぶんの育ってきたこの土地なのだった。

ちょうどクリンザクラが満開《まんかい》なので、ロジャーは袋《ふくろ》を持ってきていた。花はとてもたくさんあったから、ほとんど一日じゅうつんですごし、袋が、あまいレモンのような花のかおりでいっぱいになった。この花で、おかあさんはクリンザクラ酒をつくるのだ。ロジャーは、このお酒のほうが、男たちの飲むハチミツ酒よりすきだった。

夕ぐれになって家に帰るのは、わくわくするような楽しみだった。昼のうちに、工事はどんなふうにすすんだだろうか。壁《かべ》が高くなるにしたがって、これからできるはずの二階の戸口にのぼっていく階段《かいだん》ができていた。もうかけあがることができるのだ。そして、二階の床《ゆか》は屋根をつけたあとでなければ板張りしないので、その梁《はり》や根太《ねだ》をネコのようにつたって、へやの感じをつかんだり、もうそこにすんでいる人のように、窓《まど》から外をながめたりすることもできる。

ロジャーは、まだできたばかりの窓の横に、あの石工頭《いしくがしら》が見せてくれた、サクソンの十字架のついた石を見つけた。窓に背《せ》をむけて、へやの中を見ると、うす暗がりにつつまれて、影《かげ》のようにぼんやりしていた。ロジャーが息《いき》をひそめると、建築はまだ半分しかすんでいないのに、もう未来《みらい》がそこにあるような感じがした。

暖炉《だんろ》の土台もできていた。いままでのように、へやのまん中にふんぞりかえり、屋根につくった穴《あな》のほかは煙《けむり》のとおるところはないといった暖炉ではなくて、いちばん大きな壁の中にはめこまれていた。これはまったく新しい工夫《くふう》だった。だが、夜、たき火をかこんでいるとき、年とった男たちはたいそう不満そうだった。暖炉が片側《かたがわ》にむいているだけじゃあ、火をかこんですわれないじゃないか、というのだ。

「木の床に、どうやって火をたけるのだ。二階だということをわすれているよ」と、大工頭はいった。

「いったい、なぜ二階なんか必要《ひつよう》なんだろう？　やとい人といっしょにいれば、両方につごうがよくて、便利《べんり》なのにさ」と、仲間に加わっていた召使《めしつか》いがいった。

「ひょっとすると、おまえのいびきから逃げだすためかもしれないぜ」

「ばかいえ。だが、牛のうなり声のためかな。あれは夜聞くと、たいした音だぜ」

「あ、そうだ。床がどれだけひろくゆったりするか、考えてみるといい。暖炉を片側によせたおかげで、へやは二倍もひろく見えるぜ」と大工頭。

「そりゃあそうさ。でも、テーブルの片側の人だけしかあたたまらないぜ」

「召使い頭に、あたたかいほうにすわらせてくださいとたのむんだな、老《お》いぼれじいさん。それに、冬のあいだ、おまえさんの咳《せき》をもっとひどくしてしまう煙もなくなるっていうわけだぜ。これはいちばん新式の暖炉だ。司教《しきょう》さまの家にもひとつつくったよ」

ロジャーは、じぶんの父がこれほど野心的《やしんてき》で、新しいことを試《こころ》みる勇気《ゆうき》があることに、誇《ほこ》りを感じた。

暖炉の石はつぎの日にすえられることになり、ロジャーもその式に出ることになっていた。いつの時代にも、暖炉は家の中心であり、心臓《しんぞう》であった。暖炉の下には、銀を一個《こ》と鉄を一個、くぼみのところには、生きたヒキガエルを一ぴき、おくことになっていた。銀は富《とみ》であり、ヒキガエルは（なん百年も生きると信《しん》じられていたから）永遠《えいえん》をあらわし、鉄は小人族をちかづけないためだった。小人族というのは、ローマ人に追い出されるまでここにすんでいたという、小さな人間たちだった。この人たちは、みどりの小山に穴を掘《ほ》ってすんでいた。天井《てんじょう》は芝土《しばつち》におおわれ、自然にできた塚《つか》のように、目立たなくもりあがっていた。小人族は、なりこそ小さくても、魔法《まほう》を使うことができ、味方にすればよい友だちだが、敵《てき》にまわせばこわかった。どこにいるのか、けっしてわからないのだ。だから、森の中にまだなん人か残《のこ》っているかもしれなかった。きこりたちは、ふしぎな目にあった話をいくつかしていた。ただありがたいことに、小人族は鉄をこわがるそうだった。古い英語《えいご》では、この村をグリーン・ノウ（みどりの小山）とよんだが、ノルマン人はチュルブビル（芝土の村）とよんだ。けっきょく、ロジャーがあとになって知るように、古い名まえのほうが生き残った。

暖炉の石がすえつけられるところは、家じゅう総出《そうで》で見守った。エレノア夫人とおばあさんと女の子たちは、階段のいちばん上で、男の子たちは、はしごや梁の上から見つめた。まず、オズモンドと大工頭と石工頭が乗ることのできるように、なん枚《まい》かのあつい板がわたされ、それから、大きな暖炉の石が滑車《かっしゃ》を使ってひきあげられ、予定の場所におろされた。正しくきちんとおさまり、大工頭が「よろしい」という合図の手を上げると、ロジャーは梁をよこぎって、父の立っている場所まですすみ、ひざまずいて服従《ふくじゅう》と忠誠《ちゅうせい》の心をあらわした。オズモンドはロジャーにキスをし、つぎに夫人と娘《むすめ》たちにキスをした。それから、みんな特別の朝食を食べにいった。職人《しょくにん》や農民《のうみん》には、いつもの倍のハチミツ酒が与《あた》えられた。そして、また仕事がはじまった。

3　かじやの魔法

羊飼《ひつじか》いの少年が、羊の群《む》れの世話をする仕事にもどっていったので、ロジャーは、四頭の馬に蹄鉄《ていてつ》を打たせるため、かじやに連《つ》れていく仕事をいいつかった。かじやは、スカンジナビア出身の勇《いさ》ましい船乗りであるヴァイキングの子孫《しそん》だった。オラフ・オラフソンという名まえで、村にすんでいる自由民《じゆうみん》だった。オラフは腕《うで》のいい職人《しょくにん》で、蹄鉄や、くつわのはみや、あぶみや、斧《おの》をつくれるだけでなく、鎧《よろい》を修繕《しゅうぜん》したり、剣《けん》や、大がまや、ドアのための複雑《ふくざつ》で美しい蝶番《ちょうつがい》など、鉄からつくるものならまずなんでもつくることができた。

オラフは、剣をつるす帯《おび》につけるための、とぐろを巻《ま》いたヘビのような形の輪《わ》をつくっていた。ロジャーは、オラフがそのまっ赤に焼《や》けた金属《きんぞく》のかたまりを火ばさみでぶらさげるのをながめながら、いったいだれが、岩石をこんなにとほうもないものにしてしまうことを思いついたのかしら、とたずねた。ロジャーは、鉄がもと岩石のようなものであることを知っていたのだ。

「大むかしの神さまですよ、人間にはじめてこういうことを教えてくれたのは。人間だけの力じゃあ、けっして思いつかなかったね。だから、これは魔法《まほう》と関係《かんけい》があるんですよ」

オラフは、どろどろになってしまった金属の糸を、器用《きよう》に細工《さいく》しながら言葉をつづけた。

「ウィーランドの魔法の剣のこと、聞いたことがあるでしょう。とてもうすくてしなやかなので、体に巻きつけることができるほどのやつ。それから、アーサー王の剣のエクスカリバーのことも」

ロジャーは、旅をしながら学問をしている修道士《しゅうどうし》から聞いた話を思い出して、いった。

「うん、それから、イエスさまをはりつけにした十字架《じゅうじか》の三本の釘《くぎ》で、あぶみとくつわのはみをつくったコンスタンチヌス皇帝《こうてい》のこともね」

「なるほど、そういうこともあるだろうな。でも、それはキリスト教の魔法ですよ。もっと古い魔法があるんだ。もっともっと古いのがね」

「その魔法、できる？」

「いくらかはね。おやじが教えてくれたんですよ。でも、ちょっと危険《きけん》でね。お坊《ぼう》さんたちはきらってますよ。それにちかごろじゃあ、かじやれんちゅうもわすれてしまったね。れんちゅうときたら、鉄をまるでありきたりのものみたいにあつかってるんだ。わたしも、まあそんなんですがね。でもわたしは、じぶんがなにをあつかっているかはわかってますよ」

「ぼくのために、なにか小さな魔法をしてくれない？」

「たとえばどんな？」

「かならず的《まと》にあたる矢だとか」

「それだけ？　そんなちっぽけな魔法？　いやはや、どうも見くびられたもんだな。そういうのはだめだね、ぼっちゃん。けど、ナイフをおいていらっしゃい。幸運《こううん》の魔法をかけてあげよう。いや、なにも心配いらないよ。馬をつないで、遊んでらっしゃい。もどってきたら、もうできあがってますよ」

「ここにいて、見てていい？」

オラフはまっ赤に燃《も》えている輪を、水の中にぐっとつっこんだ。ジュジューという音がおさまると、オラフの、いかにもヴァイキングらしい青い目が、はじめてロジャーをまっすぐに見た。

「秘密《ひみつ》のことは、秘密のうちにしなくちゃあね」

4　悪魔の男爵

魔法《まほう》が、石や木、鉄や壁《かべ》、サンザシの木や、指輪《ゆびわ》やカップ、ときには織《お》り布《ぬの》といったような、おそろしくいろいろなものの中に宿《やど》っているということは、ロジャーにとって、別《べつ》に驚《おどろ》くことではなかった。むかし話には、そういう魔法があふれていた。そしてそれは、口づたえで代々つたえられてきて、人間の知識《ちしき》のつみかさねとして、信《しん》じこまれていた。だから、ふしぎなことはいくらでも起こりそうだった。

ロジャーの世界は小さくて、馬に乗って一日かかるところより遠くには、まだ行ったことがなかった。けれども、もし、けもの道こそあちこちにあっても、とおりぬけのできる道はない、大きな森のはずれにすんでいたら、そして耳にする話といえば、侵入者《しんにゅうしゃ》や、侵略者《しんりゃくしゃ》や、巨人《きょじん》や、オオカミ人間や、魔法使いのことばかりだったら、またもし、商船が海から奥地《おくち》のにぎやかな町へこいであがっていけるような、大きな川の沿岸《えんがん》にすんでいて、めずらしい人々や、めずらしい話や、戦争《せんそう》のうわさなどを聞かされていたら、胸《むね》をときめかせることはいくらでもあった。

ロジャーにとって、そういう、想像力《そうぞうりょく》のおよぶかぎりのことが、みなこんどの新しい家とむすびついているように思われた。この家は、侵入者を追いはらい、英雄《えいゆう》をむかえ入れ、あぶない苦しみの時にもちこたえ、魔法使いや悪魔のわざわいにも、その生きている石の壁でたえていくのだ。そしていま、やがてこの家にすむぼくは、それにふさわしく、魔法のかかったナイフを持つことになるのだ……。

ロジャーが馬を連《つ》れにもどると、オラフはナイフをわたしてくれた。もう火をとおしてあって、まえよりすこし形がすんなりし、ずっとするどくなっていた。刃《は》のはばがいちばんひろくなっている部分には、羽根をつけたトネリコの実のように見える、入り組んだ模様《もよう》が彫《ほ》ってあった。

「ぼっちゃんの幸運《こううん》がこもってますよ。ただ、人にはだまってないと、だめになっちまうからね」と、オラフはいった。

ロジャーは銀貨《ぎんか》を一枚《まい》さしだしたが、オラフはことわった。

「お金がからむと、魔法はたちが悪くなるんです」

ロジャーは、四頭の馬のうちの一頭に乗り、三頭をひいて帰った。ベルトからたれたナイフのさやには、少年の心を希望《きぼう》や疑問《ぎもん》でいっぱいにする秘密《ひみつ》がおさまっていた。ロジャーがまずいちばんにしたいのは、新しい家の一階にはいっていって、二階の梁《はり》をささえている木の柱の一本に、じぶんの頭文字を刻《きざ》みつけることだった。その下には、オラフがナイフに彫ってくれた模様を、なるべくうまくまねて刻みこんだ。

その日のうちに、暖炉《だんろ》は、灰《はい》うけ用の床石《ゆかいし》をとりかこみ、上のアーチの部分を両側《りょうがわ》でささえるかざり柱もつけて、できあがった。煙突《えんとつ》のうしろ側は、火がゆったりと燃《も》えるように、奥のほうへつき出していた。村じゅうの人が、出たりはいったりして、この暖炉に驚嘆《きょうたん》し、じぶんたちのすむ家は草ぶきで、戸口と屋根の穴《あな》のほかには光がはいらない小屋だったけれども、マナーの館のすばらしい設備《せつび》を自慢《じまん》した。教会でさえ、窓《まど》はあったが、暖炉はなかった。

夕食後、ロジャーは家を出て、火をかこんでいる大工《だいく》たちの仲間《なかま》に加《くわ》わった。この人たちの腕《うで》まえを尊敬《そんけい》していたし、おまけに楽しい仲間だったからだ。石工が、話をしている最中《さいちゅう》だった。話のほうでは親分格《おやぶんかく》の人だった。

「おめえさんたちも知ってるように、わしはフランスに生まれた。おやじは、フランシスコ会の修道士《しゅうどうし》たちについて、イギリスにわたってきたんだ。このおやじも、石工だったたよ。これから話すことが起こったとき、わしはまだほんの子どもだった。だが、おとなたちが話してい

るのを聞いたんだ。

さて、さっき話したように、この男爵《だんしゃく》ってのは、腹黒《はらぐろ》いことといったら、ならぶ者がなかったな。人をのろって殺《ころ》しちまったり、まずしい女を飢《う》え死《じ》にさせたりして、しかも二度と思い出しもしないってやつさ。金のためなら、いや、なんの理由がなくても、ただゆかいだというだけで、どんな裏切《うらぎ》りもやってのける。女房《にょうぼう》をいじめてやりたいために、むすこを殺したっていう話もあるぜ。まったく悪魔のようなやつだった。

そこでついに、こいつの味方はひとりもいなくなり、ありったけの金を出しても、だれも助けてくれなくなった。そして敵《てき》のほうが強くなって、とうとうこの男を追い出してしまった。男爵は、さっき話してた大きな新しい教会に、保護《ほご》を求《もと》めて逃《に》げこんだよ。わしのおやじは、ちょうどそこで石工をしてはたらいてたのさ。

さて、この石工たちの中に、腕がいいというので有名な彫刻師《ちょうこくし》がいた。この男は、教会の奥の内陣《ないじん》の上に、最後の審判《しんぱん》の場面を彫っていたんだ。正しき者は天国へのぼり、悪《あ》しき者は地獄《じごく》へ落ちていく光景《こうけい》だよ。まん中には、審判者である神さまが、手にいなずまを持っておられてな。この彫刻師は、石に命を吹《ふ》きこむことができた。だからその彫刻を見る者は、みんなおそれあがめる気持ちになったよ。

ところが、そこに避難《ひなん》してきた男爵は、そういうものをぜんぜん気にしなかった。教会の中にいるかぎり、敵も手出しができない。そして男爵は、金か、ゆすりか、ごまかしによって、うまく自由になれると考えていたんだ。だから、教会でのひと晩《ばん》を、なるべく気楽にすごそうとした。そして寝《ね》るのにえらんだ場所というのが、内陣にあがる階段《かいだん》のいちばん下の段なんだ。ここだと、戸口の下から床にそって吹きこんでくる風より高くなっていて、しのぎやすいからな。頭の真上にある最後の審判の図のことなど、考えてもみなかった。それどころか、外とうをたたんでまくらにし、横になると、敵をのろい、毒《どく》づき、フクロウの鳴き声が教会を外から攻《せ》めてくる悪霊《あくりょう》のように聞こえると、それものろい、おまけに、全能《ぜんのう》の神さままで、ありったけのろったんだ。

あくる朝早く、教会堂《きょうかいどう》の番人がミサの準備《じゅんび》をするためにはいっていくと、この男爵が死んでたおれているじゃないか。死体はいなずまにうたれたみたいにねじまがり、まっ黒に焦《こ》げて、火ぶくれになっていた。まるで黒い悪魔そのもののようで、死体をはこびだせる勇気《ゆうき》のある者は、なかなか見つからないほどだった。それでも、とんでもないやつだけど、男爵は王さまと血のつながる家の出だったから、司教《しきょう》さまはおだやかにことをすますため、教会の墓地《ぼち》にこいつをほうむってやることにきめた。そのため、石の棺《ひつぎ》を注文した。その棺をつくったのが、わしのおやじなんだよ。丸太をならべた上にそいつを乗せてあさい墓《はか》まではこぶのに六人もかかり、墓の中に入れるには、滑車《かっしゃ》やてこまで必要《ひつよう》だったよ。それから、死体を横たえ、六人の屈強《くっきょう》な男たちが、とてつもなく重いふたをかぶせた。このいやらしい人間をこうやってしっかり箱の中に入れ、うめてしまうと、だれもかもほっとしたよ。

さて、それから一か月たつと、死んだ人たちを祭る万霊節《ばんれいせつ》の日になった。夕方のお祈《いの》りのとき、教会は千もの奉納《ほうのう》のろうそくで照《て》らされ、死んだ人の魂《たましい》のために祈る人々でいっぱいだった。聖歌隊《せいかたい》がおごそかにうたっていたが、外ではフクロウが、まるで悪霊どもがわめいたりがなったりしているみたいに鳴いていた。窓ガラスには、なにかがしきりにぶつかっていた。あつまっている人たちは、きょろきょろしはじめ、お祈りをわすれてしまった。すると、まるで馬のいななきのようにけたたましい、人間の笑《わら》い声《ごえ》が聞こえてきた。恐怖《きょうふ》の笑いといったらいいかな。おまけに、いやなことに、なにか満足《まんぞく》したよろこびのようなひびきもある。なん人かの人たちには、その声がだれのものかわかった。だからそのあとで、司祭がみんなに祝福《しゅくふく》を与《あた》え、「安らかにお帰りなさい」とおっしゃっても、だめなんだ。だれも出ていこうとしないんだよ。ただ、聖歌隊が坊《ぼう》さんについて出ていき、教会の道具をしまったへやをとおり、墓地にはいっていった。みんなおそろしくて、しっかりだきあってたね。と、そこでは、土がひっくりかえり、石でつくった棺のふたがあいていた。死体はなくなっていた。死体があたりをうろつきまわっているると思うと、そりゃあもう気持ち悪かった」

聞いていたれんちゅうは、はりつめていた息《いき》をふっと吐《は》いてふるえた。それから、ひとりがこうつけ加えた。

「その棺はもう二度と使われなかっただろうな。いまだったら、高価《こうか》なものだろうけど、そのふたのことを考えてみろよ。りっぱな、とても役に立つ石だろうぜ。玄関先《げんかんさき》の石にしたら、すばらしいよ」

二、三人が声をあわせていった。

「だめだめ。そんなことをいっちゃあいけない。石はいつまでもおぼえているからな」

それまでねむっていたひとりの老人《ろうじん》が、このおわりの言葉をひきとり、かん高い声でいった。

「わしはお石さまをちゃんとおぼえているわい。ここからそう遠くない、修道院に行く道のそばの土手に立っていたよ。わしのおじいさんがここにすんでいたので、よく話してくれたもんさ。まだあそこにあるのかね?」

「どんなかっこうの石なんだい?」

「どんなって、お石さまだよ。その石の話、聞いたことがあるはずだぜ。とても古いんだ。彫ってあるようなんだが、鉄で彫ったんじゃない。そりゃあきみょうな石なんだ。夕闇《ゆうやみ》の中で、草ぼうぼうの丘《おか》に、ふたつだけむっくり立っているんで、そいつを見ると、とびあがってしまいそうなんだ。いつもお石さまとよばれてきたんだが、だれもそれがいったいなんであって、どうしてそんなところにあるんだか、わからないんだ」

もうひとりの人がいった。

「修道院に行く道はよく知っているよ。けど、森がこちら側にずいぶんひろがってきているぜ、王さまの猟場《りょうば》になってからな。だから、石はもう草ん中にかくれてしまってるんじゃないかな。このへんの人で、そんな石のことをおぼえているものはいないようだもんな。もっとも、変《か》わったということになれば、ノルマン人の征服以来《せいふくいらい》、なにもかもが変わっちまったよ。領主《りょうしゅ》さまでさえ、この土地の人じゃあないんだからな。だれもおぼえてられないくらいの変化《へんか》だよ」

5　新しい館

屋根をつけ、床《ゆか》を張《は》り、いろいろな木を組みあわせる仕事は、石の工事とおなじくらいか、もっと長く時間がかかりそうだった。おまけに、冬になると、大雪がふって、仕事を中止しなければならなかった。ある朝、ロジャーがベッドから起きだして、古い家の戸口から白い世界をのぞくと、雪にうまった半分できかけの建物《たてもの》が、さらにふりつづける雪のむこうで、まるで夢《ゆめ》の中のおばけのように見えた。雪は一週間ふりつづけ、大工たちはさむざむとした小屋を捨《す》てて、サクソン館のほうに避難《ひなん》してきた。だが、ここもすでにじゅうぶんの余裕《よゆう》はなくなっていた。

古い館《やかた》の床は、大部分が地面のままだったが、そのはしは、きちんときれいにしておけるように、石を敷《し》いて一段《いちだん》高くなり、その上に正式の食事用のテーブルがすえてあった。テーブルには、いつも清潔《せいけつ》なリンネルの布《ぬの》がかけてあり、家族の人たちは指を使って食事をしたけれども、行儀作法《ぎょうぎさほう》はとてもきびしかった。このテーブルで給仕《きゅうじ》したり、食べたり、飲んだりする

ことには、たいへんりっぱな格式《かくしき》があって、教会のミサの儀式《ぎしき》で、司教《しきょう》さまにつかえる人が、行ったり来たり、ひざまずいたりするのと、どこか似《に》ていた。テーブルのうしろには、四本の柱を立ててカーテンをかけた寝台《しんだい》が、ふたつそなえてあった。ひとつはおばあさんと女の子たち用であり、もうひとつはこの家の主人夫妻《ふさい》や、大切なお客さまがあったときのためのものだった。おおぜいの人といっしょになっているときでも、領主《りょうしゅ》の家族の態度《たいど》や作法はひときわかがやいていた。

オズモンドは、うるさがってブツブツ不平《ふへい》をこぼしている妻《つま》とすわって、おしあいへしあいしている人々を見おろしながら、こういった。

「新しい館ができあがったら、ほっとするだろうな。このひどいこみ方も、すっかりなくなるよ。まったく羊の群《む》れのようにおしこめられているんだからな」

壁《かべ》の内外にしっくいが塗《ぬ》られ、屋根ができるころには、もう春もおわりになっていた。「いちばんてっぺん」を示《しめ》すために、イチイの木の枝《えだ》が、一本、屋根の棟《むね》にとりつけられ、盛大《せいだい》なお祭りがひらかれた。大工《だいく》と、領主の召使《めしつか》いと、村人たちが、ぜんぶ古い館にあつまって食事をした。

領主と、その家族と、それにこのもよおしのために家来を連《つ》れてきていた、ロジャーのおじにあたる伯爵《はくしゃく》の子息《しそく》とは、すばらしくゆったりとし、まえよりもしずかな感じのする新しい館で、はじめて食事をした。太陽の光が窓《まど》からどっと流れこみ、あまいイバラのかおりを持ちこんだ。音楽家たちが演奏《えんそう》するまえに、新しい衣装《いしょう》を着た小姓《こしょう》たちがお皿をはこんだ。これはまったく新しい生活だった。ロジャーはびっくりしていた。でも、じぶんが育ってきたあの古くて暗くかびくさい場所でひっきりなしにつづいている、あのそうぞうしい楽しみや、くだらないじょうだんのやりとりや、元気のいい笑《わら》いなどがないのが、内心、残念《ざんねん》だった。馬といっしょに二階にあがることはけっしてできないだろうし、夜、目をさますと、壁に、額《ひたい》の両わきからつき出た牛の角《つの》の影《かげ》がうつっているのが見える、というようなこともけっしてないだろう。それでも、この大きな新しい家は、やっぱり誇《ほこ》らしい家だった。ロジャーにとってただひとつ本当に残念なのは、春なので、新しい暖炉《だんろ》に火が燃《も》えていないことだった。

しかし、夕方にはこの願《ねが》いもかなえられ、しっくいをかわかすために火がたかれた。家じゅうが舞《ま》いおどるほのおで明るく照《て》らされ、ロジャーははじめて、火がとびかい、煙突《えんとつ》をつたって舞いあがっていく音を聞いた。暖炉が部屋のまん中にあって、空気を調整する装置《そうち》のなかったときの音とは、たいへんちがっていた。

「今日はここで寝《ね》るのですか？」と伯爵のむすこはたずねた。

オズモンドはこたえた。

「もちろんそうですよ。ベッドは新しくて、上等です。きっとよくおやすみになれますよ」

だがここで、オズモンドは顔をすこし赤らめた。いままでじぶんが動物たちと寝ていたことに、ふと気づいたからだ。伯爵が知ったら、とても野蛮《やばん》だと思われるだろう。そしてじっさい、オズモンド自身もいまはそう思っているのだった。

二階のはしは、カーテンで仕切って寝室になっていた。カーテンの布は、女の子たちがずっといそがしく刺繍《ししゅう》しつづけてきたものだった。それは、高いテーブルのみごとな背景《はいけい》となっていた。館の中心の部分には、小姓や、執事《しつじ》や、ほかの身分の高い家来たちの使う、テーブルと腰《こし》かけがあった。この人たちは、あとから床に寝床《ねどこ》をしいた。ロジャーは小姓たちといっしょに寝たが、この家のおすこととして、上のほうのはしに場所をしめた。そして横になり、目をさましたまま、暖炉の火が消えるにしたがって、影がちかよってくるのを見守った。影は、丸木づくりの屋根の下で、高い壁越《かべご》しにとび出してやろうと、待ちぶせていた。暖炉の丸太がくずれてほのおをあげ、一瞬《いっしゅん》あたりを美しく照らすと、あわててあとにとびさがった。だが、ロジャーがねむくなればなるほど、どんどん中に侵入《しんにゅう》してきた。ワチェットはロジャーのそばに横になって、なにかじぶんだけの夢を見ながら、しっぽでわらぶとんをたたいていた。

6　お石さま

長い間いそがしくはたらいていた大工《だいく》たちがすっかりいなくなり、寝《ね》とまりしていた場所が空《から》になったあとは、なにか気がぬけたような感じだった。牧場《まきば》の春は例年《れいねん》どおりで、まるで何事も起こらなかったように見えた。が、新しい家がそこにあり、ロジャーにとって、つきることのない驚《おどろ》きと誇《ほこ》りのもとになっていた。新しい家は、森の中をのぞけば、その地方のどこからでも見ることができた。川のすこし下流にある教会よりも、さらに目立つほどだった。ロジャーは、父といっしょに猟《りょう》やタカ狩《が》りに出かけるときも、じぶんがあの家のむすこだと思うと、ぐっと自信《じしん》に満《み》ちた態度《たいど》で馬にまたがるのだった。

ある朝、ロジャーはワチェットを連《つ》れて外に出た。ロジャーはいなかを歩きまわって、鳥や動物を観察《かんさつ》し、そのすみかを調べておくことがすきだった。これは、馬に乗ってするよりは、歩いてするほうがずっとよくできる。オズモンドも、いっしょにタカ狩りするときなど、ロジャーのくわしい知識《ちしき》に一目《いちもく》おいていた。いつも役に立ったからだ。

今日は、ロジャーはわたし舟《ぶね》で川をわたったあと、森のはしにそって、いつもよりずっと遠くまで出かけた。森のふちの、すごい大木が立ちならぶようになる手まえのところに、ニワトコや、ハシバミや、イバラの下生《したば》えでつつまれた、まるい丘《おか》があった。ワチェットは一羽のウサギを狩り出した。ウサギはやぶの中にとんで逃《に》げこんだ。犬がウサギの穴《あな》にもっと深くはいろうとして、土を掘《ほ》りかえし、キャンキャンほえ、木の根をちぎっているあいだに、ロジャーは青いヤマガラの群《む》れを観察していた。犬のさわがしい音が遠ざかり、なにやらしずまりかえった感じになると、ロジャーは、ワチェットがあまり穴の奥《おく》まではいりこんで、もう出てこられないのではないかと、気になりだした。それで、ワチェットがもぐりこんでいったイバラのやぶを、ナイフでたたき切りはじめた。すぐに血が両手から流れ落ちてきたので、タカ狩り用の手袋《てぶくろ》を持ってきたらよかったのにと思った。だいぶ長いあいだ、やぶのトンネルを掘りつづけると、ようやくワチェットのしっぽが穴からつき出ているのが見えた。ロジャーは、しっぽをつかんでワチェットをひっぱり出すこともできたが、そうしないで、そのままそこに楽しませておいてやった。ロジャーの注意は、もうひとつ別《べつ》のものにひかれていたのだ。

　ロジャーの指の関節《かんせつ》が、石に二度もぶつかっていた。このあたりのたいらな土地には、大きな石はめずらしかった。むかしの建物《たてもの》のこわれた跡《あと》かしら？　大工たちは、いつも小高くなった場所には気をつけている、と話していたっけ。そういう場所には、細工《さいく》したりっぱな石が見つかることがよくある、といっていた。

ロジャーのナイフはよく切れたので、イバラの枝《えだ》を、もう一本、もう一本と、むちゅうになって切りとっているうちに、とうとう、じぶんが知らぬ間におおいを取りのぞいていたものが、とつぜん、目のまえに姿《すがた》をあらわした。それは、壁《かべ》のすみに使う石でもなければ、大工用の石でもない。石のいすだった――すべてひとつの石でできていて、すわるところと背《せ》もたれにはあらい彫刻《ちょうこく》がしてある。ロジャーは、調べているうちに、ふとあの老人《ろうじん》の言葉を思いうかべた――「彫《ほ》ってあるが、鉄で彫ったんじゃない」。彫刻の跡は、石工の仕事のようにはぜんぜん見えなかった。石工の仕事なら、歯のついたのみで彫ってあり、ななめの線がきちんと刻《きざ》まれているはずだ。ロジャーは、石工が彫るところをよく見て、じぶんでもまねてみようとしたことがあるから、そのことをよく知っていた。このいすは、もっとずっと原始的《げんしてき》で、まるで石で石を削《けず》ってできているみたいだった。

ロジャーの時代には、人はふつう、木の腰《こし》かけやベンチにすわった。王さまや司教《しきょう》さまや公爵《こうしゃく》だけが、うしろに背のついているいす、玉座《ぎょくざ》にすわった。マナー館にも、そんないすはひとつもなかった。だが、もしこの石のいすが王さまのだとしても、かんたんなかざりひとつつ

いていなかった。まるで、このいすをしあげた石の道具では、ふちかざりや紋章《もんしょう》を刻みこむことができないみたいだった。それに、王さまのいすにしては、ひどく小さすぎた。背もたれは一メートル以上《いじょう》あったが、すわるところはひくくて、子ども用の大きさしかなかった。ふとった司教さまには、ぜったいにすわれなかった。

ロジャーは、まるでえらい領主《りょうしゅ》のまえでするように、いすのまえにひざをつき、両手でなでてみた。かぎりない大むかしを指で感じとることができるような気がした。

ロジャーは、たいそう興奮《こうふん》して立ちあがった。もしちかくにもうひとつ石があれば、じぶんの見つけたものがなんであるかわかるのだ。

ワチェットは、うしろむきに穴から出ようとしていた。くたびれもうけで、がっくりしていた。そこでロジャーは、しっぽをつかんでひっぱり出してやり、じぶんはまた作業にもどった。すると、やっぱり、すぐちかくにもうひとつの石があった。はじめのとそっくりだが、やや小さかった。ロジャーは、これも、まわりのじゃまものをとりはらった。

お石さまだ！　ロジャーは、このふたつの石を、王さまと王妃《おうひ》さまと名づけた。

日はしずみかけていた。それが森のうしろにかくれると、木の影《かげ》が、ロジャーをとりこにでもしようとするように、とびかかってきた。ロジャーは、この森がはかり知れないほどひろいことを知っていた。ただ、川ぞいに、土地を切りひらき、小さな農場や小さな村ができているところが、あちこちに、すこしずつあるだけなのだ。その森が、いまや不意《ふい》に、いちだんと暗く、いちだんとしずかになり、なにかを待ちうけ、じっとこちらを見つめてさえいるように思えてきた。ここはけっして暗くなってからもいてよい場所ではなかった。ロジャーは、父について修道院《しゅうどういん》をたずねたあと、家来たちのにぎやかな武器《ぶき》の音にとりまかれながら、馬に乗り、この土地をとおって家に帰ったことがある。しかし、いまはたったひとりだった。おまけに家からは歩いて一時間以上もかかるところだ。

太陽がしずんで見えなくなると、すぐ夕闇《ゆうやみ》につつまれてきた。ロジャーはふりむいて、小さな丘のてっぺんの、じぶんが木を切ってつくった小さなあき地に立っている、ふたつの石を見た。石は、いままで夕闇と別《わか》れたことがなく、しかも夕闇につつみかくされてしまったこともない、とでもいうように、その闇をしずかにうけとめていた。まるで、くれていく太陽とおなじくらい古いもののように見えた。だが、石はそこにあっても、なんの用もはたしていない。なんの意味もない。おかしいな、なんのためのものだろう。ロジャーの心は、疑問《ぎもん》でいっぱいになった。

夕ぐれのほのかなあかりが消え去ると、闇とともに、ナイチンゲールが鳴きはじめた。最初《さいしょ》のうちはえんりょがちだったが、すぐに声をはりあげてうたい、なんキロメートルも先から聞こえるようだった。ロジャーは勇気《ゆうき》を出した。ナイチンゲールの歌は、冬のあとに夏がくるのとおなじくらい、むかしからあるものだ。この世がつくりだされたときからはじまったにちがいない。古くからあるものには、こわがる必要《ひつよう》がない。まるで丘のように、長いあいだ心地よくそこにあったというだけで、それがなんとなくすきになってしまったって、あたりまえじゃないか。

ロジャーは、切りたおしたあとにひきずっていって山のようにつんでおいたイバラのしげみが、一種《いっしゅ》の目かくしになり、修道院へ行く道をとおる人たちも、いま斜面《しゃめん》に立っているものに気づくはずがないことを知って、うれしかった。夜がせまってきており、夕食をのがしてしまいそうだった。夕食のときに父の給仕《きゅうじ》をするのは、ロジャーの特別《とくべつ》の権利《けんり》でもあり義務《ぎむ》でもあった。こうして礼儀作法《れいぎさほう》をやぶるからには、しかられるだろうし、ひょっとすればおなかをすかせたまま寝なければならないかもしれない。だが、ロジャーは深い満足《まんぞく》を感じていた。なにかこの世からかくれていた大事なものを、正しい位置《いち》にもどしたのだ。月がのぼれば、ずっとむかしに照《て》らしていたように、またそれを照らすだろう。太陽がのぼっても、やはり石がそこにあるのを見つけるだろう。

ロジャーは、うす闇の中でふたりの人間のように立っているお石さまにおじぎをすると、家路についた。まともな道路はなくて、草深いけもの道がのびているだけだったが、道にまよう心配はなかった。ロジャーは、馬のヴァイキングとおなじくらいによく道を知っていたし、おなじようによく知っているワチェットもいっしょだった。もし暗闇の野原をよこぎるところで道にまよったら、袋から予備《よび》の弓の弦《つる》をとり出して、ワチェットの首輪《くびわ》にとおし、「うちへ！」といいさえすれば、犬はよろこんでわたし場のほうへロジャーをひっぱっていくだろう。ワチェットは、川を舟でわたるのが大すきだった。だから大きな声でほえて、わたし守をよぶことだろう。

7　刃をつけなおす

　その夜、ロジャーはわらぶとんに体を横たえていたが、いろいろな考えがうかんできて寝《ね》つかれなかった。月の光が、破風《はふ》の窓《まど》からさしこんできていた。そのあかりは、ロジャーのまくらと、そばに寝ている小姓《こしょう》の顔を照《て》らしだしていたが、館《やかた》のほかのところは暗いままだった。ロジャーは、月の光の中で、お石さまがまるで生きたもののようにたたずんでならび、なにかを待ちうけているようすを、思いうかべた。ねむると、こんどはその夢《ゆめ》を見た。

　朝になって目をさましても、頭はお石さまのことでいっぱいだったが、ロジャーはだれにも話さなかった。じぶんがこんなに興奮《こうふん》しているのを、みんなに笑《わら》われやしないかと、心配だったのだ。親しくしていた大工《だいく》たちがいたら、話してみるんだけどな。でも、かじやのオラフなら、信用《しんよう》できるかもしれない。ロジャーは、馬に運動させるついでに、かじやのところまで行ってみた。オラフは、ちょうどなたを打ちあげて、刃《は》の部分を軸《じく》にとりつけているところだった。

「オラフ、あんたがしあげてくれたナイフのこと、おぼえてる?」

「おぼえてますとも、ロジャーぼっちゃん」

「また新しく刃をつけてほしいんだよ。とてもたくさんの仕事をしたもんだから」

「そうですか」

「本当は、やぶなんかを切るのに使ってはいけないんだけど、とってもよく切れるので、つい切りたくなっちまうんだよ」

「ほほう」

「それで刃を欠《か》いちゃったんだ。でも、とても大事な仕事だったんだよ」

「なにか見つけたんでしょう」

「うん、でもいったいなんのためのものなのか、わからないんだ」

「ほほう」

オラフは、ナイフを手にとって調べた。

「大奮闘《だいふんとう》したんだね。ぼっちゃんもナイフも、両方とも」

オラフは、ナイフの仕事にとりかかった。火の中に入れ、刃をたたき、砥石《といし》にかけ、砂《すな》と油でしあげた。

「そら、できましたよ。これで、空中にうかぶ羽でも切れますよ。でも、やぶを切る仕事のしあげには、このなたを持っていきなさい。どっちみち、マナー館から注文されたものですからね」

ロジャーはお礼をいって、ナイフをさやにおさめ、ベルトから下げている革《かわ》のケースになたを入れると、馬に乗って出発した。打ちあけ話は、じつのところなにもしなかったけれども、ロジャーはなにかほっとした気持ちだった。

8　五百四十年先の家

　ノルマンの貴族《きぞく》は、荒《あら》っぽい乗馬をすることでよく知られていた。ロジャーは、このあたりが川のある平地で、そういう乗馬の機会《きかい》があまりないのが残念《ざんねん》だった。かけ足でのぼりおりできる坂なら、どんな坂でも、馬や馬術《ばじゅつ》の役に立つのに、と思っていた。だから、あの小さな丘《おか》を発見したことで、ロジャーは興奮《こうふん》していた。馬が尻《しり》をついておりるほど急な坂ではないが、すくなくとも、ふもとには、とびこんでわたれるだけの小川があるし、いただきには、とびこえるにたるだけのイバラのやぶがつらなっている。馬をしこむのはロジャーの役割《やくわり》だったから、この丘で乗馬していても、とやかくいわれることはなかったし、おまけに馬なら行き帰りに時間がかかることもなかった。

　ロジャーは、ワチェットを連《つ》れて、また出かけた。ワチェットは、幸《しあわ》せそうにならんで走っていた。ロジャーの小さな丘は、じっさいは島だということがわかった。森をつきぬけて流れている小川が、ふたつにわかれてこの丘をとりまき、それからまた合流して流れているのだ。

橋がかかっていないので、ロジャーは、歩いてきたときには、ぐらぐらする板をとおって川を越《こ》した。羊が放牧《ほうぼく》されていず、畑がたがやされていないのも、このためだった。とどのつまり、この土地のことを気にしている人は、だれもいないのだ。

この島のへりをぐるりと探検《たんけん》してしまうと、ロジャーはヴァイキングをいちばん急な坂に連れていき、イバラの列をとび越して、お石さまのそばでとまった。昼ひなか、馬の上から見ると、お石さまは小さくて目立たなかった。熱心《ねっしん》にイグサを刈《か》っている農家の娘《むすめ》や、どんな羊よりも荒っぽく、元気で、いまいましいほど強情《ごうじょう》なブタどもをかりあつめているブタ飼《か》いの若者《わかもの》たちは、ただの石として、なんということなくとおりすごしてしまい、どうしてそんなところにあるのかと、ふしぎがりもしないだろう。

ロジャーは、まえにしはじめたことをすますために、きたのだった。ヴァイキングを木につなぐと、そこに残《のこ》したままの切《き》り株《かぶ》や切りたおした幹《みき》を、なたで整理しにかかった。お石さまがのびのびと立っていられるように、まわりにさっぱりしたあき地をつくったのだ。そのうしろには小さな木が半円形に立ちならび、修道院《しゅうどういん》にむかう荷馬のとおる側《がわ》には、下生《したば》えのやぶがながながとつらなって、ついたてのようになっている。

仕事がおわったころには、ロジャーの背中《せなか》も、想像力《そうぞうりょく》も、つかれきっていた。それで、石

の上にすわるのが、ごくあたりまえのことのように思われた。

目のまえには、ひろびろとしたながめがひろがっていた。川が、ロジャーの知っている土地をみんなとおって流れていくのを、ずっと目でたどることもできた。上流のほうから、村の共《きょう》有《ゆう》の土地をとおり、田畑や、果樹園《かじゅえん》や、雑木林《ぞうきばやし》や、ヤナギの群《む》れをとおって、青くかすんだ遠くへと流れていくのだ。ずっとむこうには、マナー館が見えた。その新しいしっくいが、太陽の光をうけてかがやいていた。破風《はふ》は教会の塔《とう》とおなじくらい高かった。この距離《きょり》からでは、せいぜい卵《たまご》ほどにしか見えなかったが、あたりの景色《けしき》を圧《あっ》していた。

ロジャーは、心の中で、このひろがりを勝手にさまよい歩いた。知っている場所や、見たことのある樹木を、たしかめながら歩いた。あの森の中には、アオサギの巣《す》があり、あのサンザシの下には、アナグマの家族がいる。ロジャーの思いは、どんどんひろがっていった。

ロジャーがいますわっている石は、マナー館の壁《かべ》の石とおなじ種類《しゅるい》だった。ロジャーは、すべての石はおなじ年齢《ねんれい》であり、神がこの世をつくられた創造《そうぞう》の日にさかのぼることができる、と思った。だからぼくの家の窓《まど》も、新たにできたものではあるけれども、お石さまとおなじくらい古い。そしてまた、むかしにさかのぼるのとおなじくらい、これから先の未来《みらい》にも、長く存在《そんざい》するはずだ。ロジャーは、新しい家がいつまでも建《た》ちつづけているとよいと思った。丘の上の石のように、いま建っているところに建ちつづけるのだ。こんなふうにも思った。

(見たいものだなあ、これからずっと先のこと。ちょっと念《ねん》のために見るだけでいいんだ。どんな人がすんでるのか、見てみたい)

ロジャーの手は、知らぬ間に、タンポポの頭をひきちぎっていた。

「タンポポにきめさせよう」

ロジャーが、きれいにひらいたタンポポのまるい頭をふっと吹《ふ》くと、ひとふさの綿毛《わたげ》が、小さな雲となって飛《と》び去《さ》った。

「百」

もういちど吹くと、もうひとふさが飛び去った。

「二百。三百。四百。五百!」

たった四つの糸毛が残っているだけとなった。

「残りは、百としては数えられないな。十としよう」

ロジャーは四回吹いた。

「五百四十。たった三十分でもいいから、五百四十年たった先のマナー館を訪《たず》ねることができたら、ほんとにいいのになあ」

なぜだかわからなかったし、わかろうとも思わなかったが、ふと気がつくと、ロジャーは、歩いた記憶《きおく》もないうちに、川の土手をたどってマナー館のほうへちかづいていた。驚《おどろ》いたことに、野原がはてしなくひろくなっていた。森がうしろにひきさがったみたいだ。そして、羊の群れが、もっとつやつやして、もっとふとっている。いったい、このたくさんの羊の群れは、だれのものなんかしら？　いつも見なれた大木のような、目じるしになるものは見当たらなかった。川の流れさえ変《か》わっていた。わたし舟《ぶね》のかわりに、二頭の馬がならんで乗れそうな、がんじょうな木の橋があった。ロジャーは、夢《ゆめ》でも見ているのかしら、と思った。でも、じぶんがやりたいことはちゃんとできる。夢の中だと、けっしてそうはいかない。いろんなことが、むりやり、おそいかかってくるのだ。

すこし離《はな》れたところに、どんな夢の中でも正気とは思えない服装《ふくそう》をした、ふたりの男の人が歩いていた。その服装のおかげで、ふたりはまるでけばけばしい鳥のように見えた。フリルやリボンの輪《わ》が、羽根のように重なりあい、特《とく》に首と、手首と、ひざのまわりについているのだ。おまけにかかとの高いくつをはいているので、鳥のように気どって歩くことになる。剣《けん》をしっぽとすると、ふたりはキジのように見えた。この人たちのぼってりした上着は、また、正面や、そでとポケットや、腰《こし》のくびれの部分にまでも、銀の玉がついてかざりになっていた。濃《こ》くて長い髪《かみ》の毛《け》は、きちんとカールにして、ととのえてあった。この髪では、かぶとをかぶるのはむずかしいだろう。でも剣をつけているから、男にちがいない。ロジャーは、外国人がいつ侵《しん》入《にゅう》してくるかわからないことを知っていた。だが、侵入者なら、鎧《よろい》を着ているはずだ。羽つきの大きな帽子《ぼうし》などかぶっているはずがない！

ロジャーは、このきみょうな生きものがいったい何者なのか、なんとかたしかめてやろうと思って、かくれていた。ふたりは、まるでこの土地の領主《りょうしゅ》のように、ゆうぜんと少年のそばをとおりすぎた。そのとき、ロジャーは、男たちがじぶんのようにフランス語をしゃべるのではなく、どうやら、英語《えいご》をしゃべっているのに気がついた。ただ、貴族らしいかっこうなのに、英語をいやにこった風にひびかせるので、ロジャーはあやうく吹き出してしまうところだった。

男たちは、ロジャーのかくれ場所をとおりすぎた。が、あまりすぐそばだったので、ふたりのおそろしくきれいな、指輪をはめた手が、銀の玉をいじくっているようすを、まじまじと見ることができた。その銀の玉は、上着のボタン穴《あな》をくぐって、その上着をきちんととじながら、かざりになっているのだった。なんという名案《めいあん》だろう！　ロジャーの仲間《なかま》なら、上着や下着をきちんととじるときには、ひもでしばり、外とうだったら、えりどめを使ったものだ。ふたりが歩いていってしまうと、ロジャーはマナー館のほうへむかった。

遠くからだと、マナー館はロジャーの知っているとおりのながめだったが、どうも煙突《えんとつ》が、屋根のまん中にきているように思えた。ロジャーは、はじめのうち、そんなふうに見えるのは、光のいたずらと、見る位置《いち》のせいだろうと思ったが、ちかづくにつれて、本当にそうなんだと信《しん》じないわけにはいかなくなった。

「暖炉《だんろ》をまた床《ゆか》のまん中へもどしたなんてことは、ありえない。まともじゃ考えられないことだもの。そりゃあ、おばあさんは、高い位置のテーブルについてるとき、寒いと文句《もんく》をいってたけれど」

ロジャーは、じぶんがよく知っている小さな森にむかって歩いていった。川のそばの、家から遠くないところの森である。すると、おかしなことに、その森のはしに一頭の馬がつながれていた。この馬の持ち主は、なぜ家まで乗りつけないのだろう？　ロジャーは、森の中にはいって間もなく、悪党《あくとう》のようなつらがまえの、みすぼらしい土色の服を着た男が、前方の木のあいだにひそんでいるのに気づいた。なにかむこうのものを、熱心にうかがっているようすだ。動物をつかまえるときのように、手になわを持っている。ロジャーは警戒《けいかい》しながら、男が追っているものを見ようとちかづいていった。ひょっとしたら、まい子になった父上の羊か子牛じゃないかしら。もしそうとしたら、こいつはどろぼうだ。ロジャーは、はってちかづいていった。が、見えたのは、八歳《さい》くらいのたいそうかわいい女の子が、サクラソウをつみながら、森の中をうれしそうにはねまわっている姿《すがた》だけだった。その子は、ふとロジャーを見つけると、ひとりでほほえんだ。幸《さいわ》いにも、ロジャーのほうに笑いかけたのではなかった。さもなければ、こっそりうかがっていた男は、あたりを見まわすことになったかもしれない。

女の子は、花から花へとうごくにつれて、農園の小屋からすこしずつはなれ、かくれている男のほうにちかづいていった。男はなわをひきよせて、体をひくくし、身がまえた。女の子は巻《ま》き毛《げ》をふり、小声でうたいながら、大きなサクラソウの群れのそばにしゃがむと、男に背をむけたまま、だまって花をつんだ。腕輪《うでわ》がチリンチリンと鳴るだけだった。

ロジャーは、この少女をまえに見たことがなかったが、愛《あい》くるしい女の子で、なんとか、ひどい目にあわないようにしてやりたかった。ロジャーは、ナイフをさやからぬいた。相手の男が大きすぎて、これ以外《いがい》の方法《ほうほう》で取り組むのは無理《むり》だったのだ。悪者が、なにも気づいていない少女にあわやとびかかろうとしたとき、ロジャーは男の腰のうしろにとびかかった。だがナイフは、金属《きんぞく》のボタンひとつをかすって、男を傷《きず》つけるかわりに、剣の帯《おび》と上着をすっぱりと切り、乗馬ズボンのベルトをひきさいた。そのため、ズボンが足首のまわりにずり落ち、まるで手に持っているなわとおなじくらいに手際《てぎわ》よく、その両足をしばってしまった。男はつまずいて、まえのめりにたおれた。くしゃくしゃになった上着にイバラがまつわりつき、おまけにしなった枝《えだ》がのびてきて、男の目をひどく打った。もういちどナイフでつき刺《さ》すのはたやすいことだったが、男がぶかっこうに服をぬがされ、うろたえているのを見ると、本当はいかりくるっておそろしい相手なのだが、ロジャーはむしろ笑《わら》いだしたい気持ちになった。そのあいだに、少女は助けをよびながら、走り去っていった。ロジャーも走って逃《に》げだしたい気がしたが、ふと、よい考えがうかんだ。

マナーのほうから、話し声や、さけび声や、犬のほえる声や、驚きのざわめきが聞こえてきた。悪党は、なにを追いかけていたにしろ、とにかく立ちあがった。そして一方の手で、ズボンと、なわと、剣帯《けんたい》と、さやをわしづかみにし、もう一方の手で、むきだしになった剣をつかんだ。どれもこれも、みんな、森の中を逃げるのにじゃまになるものばかりだ。そして、馬のほうに走りだした。だがロジャーはそのことにもう気づいており、男より一瞬《いっしゅん》早く、とんで行ったのだ。ロジャーのほうが若くて、早くて、あわてていなかったから、先に着き、大きな馬だったけれどもとび乗って、大急ぎでかけ去った。男は逃げる手段《しゅだん》がなくなってしまった。

ロジャーは、森のすそのまわりをぐるりとかけ、狩《か》りのときの「おーい」という声をあげた。これは、父の部下や犬を、捜索《そうさく》に出してほしいという意味だった。しかし、だれかがもう命令《めいれい》をくだしていた。ほっそりした絹《きぬ》の服を着た背の高い少年が、人々を送りだしていた。きっと、家来たちだろう。一方、あの少女は、若い女の人と年よりの婦人《ふじん》と、それに一団《いちだん》の召使《めしつか》いたちにむかって、話を聞かせていた。

ロジャーは、この人たちのところに乗りつけた。そして笑いながらいった。

「ぼく、この馬をぬすんじゃいました。あいつは、遠くまでは逃げられませんよ」

ロジャーは、ノルマン人がみんなするように、フランス語でしゃべった。みんな驚いて、しずまりかえった。それから、背の高い少年がいった。

「君は英語をしゃべらないのかい?」

ロジャーは、いかりでまっ赤になった。じぶんが召使いのようにあつかわれていると思ったのだ。それから、ここにくるとちゅうでとおりすぎた貴族たちのことを思い出した。それで馬からおりて、婦人たちにていねいにおじぎをすると、いましがたいったことを英語でくりかえした。少女が、どうにもたまらないといったようすで笑った。

「なんておかしな英語だこと!」

ロジャーは少女の母親にいった。

「この子、それほどおびえてはいないようですね。ぼく、この子にどんなわざわいも起こらないようにいたします。お客さまたち、きっと伯爵《はくしゃく》といらしたんでしょう？　ぼく、伯爵がおいでだとは、知りませんでした。もしみなさんが伯爵の家族なら、このおじょうさんとぼくは、いとこ同士になります」

少女は、こんどはロジャーにたっぷりと笑いかけた。

「森の中で、気づいてたわ。あなたがいてくれて、うれしかったの。ほら、サクラソウをくつにつけてあげるわ。あなたのくつ、あたしたちのようなリボンをつけていないんですもの」

少女は、サクラソウの小さなたばを、鹿皮《しかがわ》でつくったロジャーの両方のくつの中にさしこんだ。

背の高い少年は、こまったような顔をして、ロジャーを上から下までながめていた。どう見ても、この見知らぬ少年の服装は珍妙《ちんみょう》だった。服の形は、いちばんまずしいブタ飼いの若者のようにそまつだったが、布《ぬの》は上等で、まっ赤に刺繍《ししゅう》がしてあり、おまけに首のまわりには、上等な首かざりをしていた。言葉づかいは荒っぽかったが、礼儀《れいぎ》は非《ひ》の打ちどころがなかった。

「きみはだれなの？」と、少年はじぶんの領地《りょうち》にいる者らしく、威厳《いげん》をもっていった。

「ねえトービー。このかたにお礼をいうべきだと思うわ。小さなリネットを助けてくださったのよ」と、婦人がいった。

トービーはロジャーにほほえみかけ、態度《たいど》をあらためた。

「ぼくたちがこんなに感謝《かんしゃ》しているかたは、いったいどなたでしょうか？」

「ぼくの名は、ロジャー・ドルノー。ここにすんでいます」

その名を聞いて、みんなあっけにとられ、じっとロジャーを見つめた。

「ここって、どのへんなの？　ぼく、きみに会ったことはないよ」

「そりゃあ、このマナーの中にきまってますよ。父が建てたのです。父は家にいませんか？母は？」

少年がいった。

「きみがいうこと、どうもわからないなあ。ぼくはトービー・オールドノウ。そしてこれは、ぼくの父の家なんだよ。これはぼくのおかあさん」

婦人は美しく魅力《みりょく》的《てき》な人で、ロジャーに手をさし出した。ロジャーは片《かた》ひざをついて、口づけした。女の人はいった。

「あなたのおかあさまが、ここにおすまいのはずはありませんのよ。おかあさまのお名まえは？」

「母は、エレノア・ド・グレイといいます。父は、オズモンド・ドルノーです」

「おやまあ、トービー、まちがいないわ。わたしたちの家は、ド・グレイ家と関係《かんけい》があるのよ。遠いいとこ関係だけど」

トービーは手をさし出した。

「それじゃあいとこ君、ようこそ。きみがしてくれたことのために、なおさら歓迎《かんげい》します。でも、いまはあの男を狩り出すのに加《くわ》わらなくっちゃならない。馬を連れてくるように、いってやったところなんだ。きみの馬は、どこにおいてきたの？　あの悪党の手のとどかないところだといいんだけど。それとも、馬車できたの？」

馬丁が栗毛色《くりげいろ》の馬をひいてきた。ロジャーはそれを見て、いとしさとうらやましさでいっぱいになった。キツネのようにかがやき、おどるように歩いている。

「これ、フェステだよ」と、トービーはいった。

「ふーん！　なんて美しいんだろう！　アラビア馬の血がはいっているのかしら？　ぼくのはちっぽけなつまらぬ馬だけど、いっしょに行けますよ。ここのうまやにいます。今日は、ぼく、乗って出なかったから」

こういったとき、世の中がロジャーのまわりでまわりはじめた。「いや」とロジャーはいった。

「そうじゃない。乗って出かけたんだ。それから――」

トービーはまゆをひそめた。トービーは、くだらない嘘《うそ》だと思えるものが気に入らなかった。

リネットが、トービーのそでをひっぱって、いった。

「トービー！　おばかさんねえ。この人、ほかの人たちの仲間だということが、わからないの？　あたし、すぐわかったわ」

だが、トービーは大いそぎで行ってしまった。そのすぐあとを、見知らぬ馬が追っていった。トービーが、その馬に乗り手のいないことに気づいたのは、あとになってからのことだった。

リネットは、おばあさんのところに走っていって、くりかえした。

「おばあちゃま、あの人は、ほかの人たちの仲間なのよ」

少女の人なつっこい小さな声は、ワチェットがしつこくほえる声の中に消えていった。ワチェットは、まるで長いあいだ別《わか》れていたあとのように、とびあがって、ロジャーをぺろぺろなめようとしていた。ヴァイキングはといえば、すぐちかくになわでつながれて、やさしくいななき、まえ足で地面をたたいていた。ロジャーはお石さまにすわって、たいそうみょうな気分になっていた。あれが夢でないのは、ぜったいにたしかだった。それで頭を両手にかかえこんで、じぶんがしたことや見たことを、正確《せいかく》に思い出そうとしていた。煙《けむり》が館《やかた》のまん中の煙突から出ていた。一日でつくり変えてしまうなんて、ありえないことだ。

そしてまた、思い出した。一階に大きな窓があり、その窓がみんな太陽の光をうけて、ふしぎなかがやき方できらきらと光っていた。そう、夢のようだった。あの古いサクソンの館がなくなってしまっていて、それなのにぼくはおかしいぞとさえ思わなかった。あの栗毛の馬は、戸の上に石のアーチのついた新しいうまやから、連れ出されてきた。それから、ふたりのおとなの人たちの着ていた、あのおかしな鳥のような服。トービーは、男の子だから、もっとかんたんな服装をしていたけど、トービーのおかあさんは、これ以上《いじょう》考えられないほど美しかった。でも、ぼくのおかあさんだったら、あの人のことをとても無作法《ぶさほう》だと思ったろうな。頭にベールをかぶらず、ドレスの胸《むな》もとをたいそう深くひらいているので、なめらかな肩《かた》や、胸《むね》の上の部分が見えていた——。ロジャーは、その美しさに驚くというよりも、あきれかえっていた。ロジャーが驚いたのは、そのような高貴な人に、ワチェットや、農民《のうみん》や、商人に対して使う言葉で話さなければならなかったことだった。もちろん、じぶんのおばあさんとも、じょうだんのふりをして、ひそかにそういう言葉を使ってはいたけれども。

ロジャーは、すべてがどんなふうにはじまったか、もういちど思い出そうとした。お石さまの上にすわって、目のまえにひろがる景色をながめて、家の将来《しょうらい》のことを考えていたことはたしかだった。じぶんの声のこだまが、いま、心にうかんできた。「たった三十分でもいいから……」と、そのとたんに、残りのことがずっと思い出されてきた。五百四十年先にも、まだ館が建っているかどうか、そしてどんな人がすんでいるか、見たいと願《ねが》ったのだ。

不意《ふい》にすべてがわかってきて、ロジャーは頭から手をはなした。興奮して、体がまえのめりになったとたん、手がむこうずねからくるぶしへとすべって、なにかビーバーのようにやわらかなものにさわった。サクラソウだ！　小さなあたたかい手がくれたもので、ちょっとしおれている。だがやっぱり、本当だったのだ。夢じゃなかった！　すくなくとも、あの人たちは本物だった。でも、ぼくは？　リネットは、絶対《ぜったい》に自信を持って、この子はほかの人たちの仲間よ、といっていた。ぼくがずっとまえに死んだ子だといおうとしたのかしら？　それから、あの人たちはいったいだれで、ぼくとどんな関係なんだろう？　お石さまと、なにか関係があるのかしら？

これは、ぞくぞくするような考えだった。お石さまについて、魔法《まほう》の力があるということ以外に、ロジャーはなにも知らないのだ。それから、不意にゾッとした。未来を願うことによって、過去《かこ》を追い出してしまい、家はちゃんと建ってはいるけれども、ぼくのすむところでなくなってしまっているんじゃないかしら。ロジャーは、いそいで、家にむかって馬を走らせた。

ヴァイキングも、長いあいだ待たされたあとだし、うまやに帰りたいというい つもの願いもあって、せっせとかけた。ワチェットは、わたし舟を待っているあいだに、あえぎながら追いついてきた。

今朝残してきたとおりの風景《ふうけい》がまた目のまえにひろがり、ちかづくにつれて、人々のはたらいているようすが見えてくると、たいそうほっとした。家には、いぜんとして、矢を射《い》るすきまのついたがんじょうな壁があり、一階を守っていた。二階はまだ大工《だいく》たちがつくってから間がなく、石の粒《つぶ》がいかにも新しそうにきらめいて、くっきりと見えた。窓には、魔法のような太陽の反射《はんしゃ》はなかったが、その内側には、やわらかなうす闇《やみ》がひらけていた。

ロジャーはよろこんで、ヴァイキングをサクソン館のうまやに入れ、えさを与《あた》え、マッサージしてやった。仕事場の召使いたちには、みんなが驚くほどやさしくあいさつしてやり、外側の階段をいちどに三段ずつかけあがると、おかあさんとおばあさんの手にキスをし、ねえさんたちに笑いかけた。

「とてもうれしいことがあるようね」

「別《べつ》に。でもこの家がすきだよ。帰ってきて、ほっとしちゃった」

おかあさんがいった。

「夕食のお給仕《きゅうじ》に間にあうように帰ってきて、よかったわね。このまえ、あなたがおそく帰ってきた夜、お父上はあまりお小言をおっしゃらなかったけど、ごきげんが悪かったのよ。小姓《こしょう》にあなたのかわりをさせるのは、よくありません。あなたにとって、不名誉《ふめいよ》なことですものね」

あのようなふしぎな冒険《ぼうけん》をしたあとだ。ロジャーは、まわりくどい言い方でもよいから、だれかに話したい気がした。それで、おばあさんとふたりだけになれるときを待って、うろうろしていた。みんながひとつのへやにすんでいる家では、これはたやすいことでなかった。娘《むすめ》たちはよくすみのほうでこそこそ話していたが、おばあさんはえらすぎて、そんなことができなかった。しかし、今夜は、運がよかった。おかあさんはオズモンドがハンティングドンから帰ってくるのをむかえるために、つり橋へとおりてゆかれ、娘たちは小姓と遊びに中庭へ走っていった。おばあさんは、ひらいた戸口にすわって、夕方を楽しんでいた。

「おばあちゃん、おばあちゃんが小さかったころ、だれかお石さまの話をしなかった？　修道院に行く道のそばにある、ふたつの石のことだけど」

「おや、まあ、お石さまだって？　もちろんおぼえていますとも。でも、もうなん年間か、だれも口にする人はいなかったわね。わたしが結婚《けっこん》してからというもの、だれひとりとしてね。いったいだれが、お石さまのことを、あなたに話したの？」

「すのこつくりのカールじいさんが、大工たちに話していたよ」

「ノルマン人の征服《せいふく》よりもまえのむかしには、お石さまについていろいろな話があったものなのよ。わたしの乳母《うば》は、満月《まんげつ》のときに行くと、ひとつの石に鬼《おに》が、もうひとつの石にその妻《つま》の魔女がすわっているのが見える、などといってたものよ。でも、わたしのおかあさまは、それは小人族の王さまと王妃《おうひ》さまで、願いごとをかなえてくださるといってらしたわ。娘には未来の夫《おっと》を見せてくれるというような、そんなことね」

「おばあちゃんは、行ってお願いしたの？」

「いいえ、見たこともないのよ。わたしがお石さまの話を聞いたころには、もうとても古い伝説《でんせつ》になっていたわ。おおぜいの人が花を持っていってささげたり、お神酒《みき》をそそいだりしたっていう話ね。お石さまはたいそう敬《うやま》われていたので、僧院長《そういんちょう》さま、この人は非常《ひじょう》に厳格《げんかく》で頑固《がんこ》なかただったけど、その僧院長さまが、そういうことはやめさせなければいけないときめられたそうです。いうまでもなく、お石さまは異教《いきょう》のものであって、キリスト教のものではありませんからね。そこで、ある万聖節《ばんせいせつ》の宵祭《よいまつ》りの夕べに、僧院長さまは少年の従者《じゅうしゃ》を連れて、お石さまをはらい清《きよ》めに出かけました。ところが、その仕事にとりかかるかとりかからないうちに、オオカミの群れが森の中からとび出してきて、僧院長さまにとびかかり、一本の骨《ほね》も残さず、食べてしまいました。少年の従者は、オオカミの鼻先に香炉《こうろ》をふりながら、逃げのびました。でもこのあと、オオカミがこわくてだれも行くものはなくなり、しばらくして、お石さまのことはわすれられてしまったのです」

「どうしてお石さまの話を、まえにしてくれなかったの？」

「どうしてって、もし話してあげたら、あなたはたちまちさがしに出かけてしまうでしょう」

「ぼく、見つけたんだよ、おばあちゃん」

「見つけた？　おやおや、そうだったのね。でもね、ロジャー、お石さまをおこらせるようなことをしてはだめよ。魔法の力に出会ったときには、礼儀正しくしているのが利口《りこう》よ」

このとき、家族の者がみんなはいってきたので、ふたりの話はとぎれた。オズモンドはおばあさんにあいさつし、みんな夕食の準備《じゅんび》にかかった。

その夜、ロジャーはおとうさんの給仕をした。片ひざをついて、手をあらうための水とタオルと、そのつぎには肉をささげた。新しい、自信を持ったやり方だった。なぜなら、ロジャーはひとつの秘密《ひみつ》をたくわえたのだ。

「ずいぶんりっぱにやるようになったね。このまえの夜、あまりきびしくしからなくてよかったと思うよ」と、オズモンドは妻にいった。

9　馬上試合

ロジャーの夢《ゆめ》には、トービーの栗毛《くりげ》の馬がいつもあらわれるようになった。あんなに光りかがやく馬は、それまで見たことがなかった。ヴァイキングは、赤茶色だった。ロジャーは、馬ぐしで熱心《ねっしん》に手入れをしてやり、ブラシでこすってやったりしたが、冬の毛を刈《か》りとったことなどいちどもなかったので、新しい夏の毛はざらざらしていた。フェステのように、みごとにはねたりおどったりする足もしていなかった。それでも、ヴァイキングはがんじょうで、ロジャーの大すきな馬だった。

毎日、ロジャーがひとりで出かける機会《きかい》のない日がつづいた。まず、大きなカシの木の下でひらかれるマナーの簡易裁判《かんいさいばん》で、事件《じけん》をさばいたり、願《ねが》い事《ごと》を聞いたりするおとうさんのお供《とも》をしなければならなかった。これはロジャーの教育の一部だった。おとなになったらしなければならないことを、いまから学んでおくのだ。裁判は、うんざりするほど長びくことさえなければ、おもしろくないこともなかった。農夫《のうふ》たちは、つじつまのあわないことをくどくどと話したが、一生けん命だった。事実をつかむのはむずかしかった。書記は判決文《はんけつぶん》を書かなければならなかったが、たいそうゆっくり時間をかけてやった。まるで、文字を書くことは魔術《まじゅつ》であり、じゅうぶん尊敬《そんけい》されて当然《とうぜん》であり、したがって時間もかかるのだということを、無知《むち》な人たちにはっきり示《しめ》そうとしているようだった。いったん書きあげると、それは絶対《ぜったい》の力を持った。

ロジャーは、おとうさんがそのように尊敬されていて、見たところ、とても公平な判決をくだしているようすなのが、うれしかった。しかしロジャーの同情《どうじょう》は、たいてい、裁判に負けたり、悪くすれば罰金《ばっきん》をはらわせられたりする農民《のうみん》のほうに、かたむいていた。自由に議論《ぎろん》する権利《けんり》があると、人はその機会をできるだけ利用《りよう》するので、裁判は数日間もつづいた。オズモンドはそういう議論を、夕方、食事のときに、たびたびおもしろく茶化してみせた。オズモンドはものまねが上手だったし、おおぜいの人のまえでまじめくさっていることにあきあきしていたのだ。

裁判のあいだじゅう、ロジャーがとてもりっぱにふるまっていたほうびとして、オズモンドは、この子をねえさんや小姓《こしょう》たちといっしょにケンブリッジへ連《つ》れていき、お城《しろ》の庭で行われる馬上試合《しあい》を見せてくれた。ロジャーは、おとうさんが鎧《よろい》を着て参加《さんか》するところを見たかったが、オズモンドは、戦争《せんそう》のときならどんな敵《てき》とでも戦《たたか》うが、ただ楽しみのために戦うには、もう年をとりすぎている、とこたえた。それでも、オズモンドの一家は、いちばんいいくつわと色つきの布《ぬの》で馬をかざりたて、いちばん上等の上着と宝石《ほうせき》を身につけて、おびただしい数の貴《き》族《ぞく》の中にのりこんでいった。

騎士《きし》たちはみな貴族の血をひいていたから、試合中の騎士も、たいてい知りあいの家の者か、伯爵《はくしゃく》の臣下《しんか》であることがわかっている人だった。それでみんなは、さけび声をあげたり、手をたたいたりしつづけだった。娘《むすめ》たちは、じぶんの応援《おうえん》している騎士が、鎧ごと地面にたたきつけられ、あおむけになったカブトムシのように、お手あげの状態《じょうたい》でたおれると、キャーキャーさけんだ。そのうちに、従者《じゅうしゃ》が走ってきて、騎士を助け起こした。負けた側《がわ》でも、傷《きず》をおっていることはめずらしく、そんなときは、家に帰ってたいそう自慢《じまん》やじょうだんのたねになった。馬は、金属《きんぞく》の重みにもちこたえ、おまけに全速力でぶち当たった時の衝撃《しょうげき》にもたえるために、がんじょうな体格《たいかく》でなければならなかった。ロジャーは、もし試合することになったら、ぼくのヴァイキングのほうが、鹿《しか》のような足をしておどるトービーの馬よりも、この点では強いだろうな、と思った。

オズモンドは、この間ずっと、負けた騎士はどこでまちがいをおかしたか、勝った騎士のしたことでどこをまねしなければならないか、といったことをロジャーに教え、楯《たて》や旗《はた》についているさまざまな紋章《もんしょう》の見わけ方もおぼえさせた。みんなは、家の友人や、たくさんの若《わか》い人に出会った。娘たちは、まだ鎧を着たままの勝利者に話しかけて、わくわくした。かぶとをとったその顔は、とても美しく見えた。

遠い道のりを日ぐれになるまえに帰らなければならないので、そのあとの宴会《えんかい》までゆっくりしていることはできなかった。おなじほうへ行く人たちの馬の行列といっしょになって、にぎやかな音をたてながら出発した。だがその仲間《なかま》もしだいに別《わか》れ、「おやすみなさい」といって、あちこちの地点でわき道へはいっていき、とうとう、ロジャーたちの一行だけが残《のこ》されると、もう話をするにもつかれきっていた。夕闇《ゆうやみ》がたれこめていた。道を見るのもむずかしかった。道は、深い馬車のわだちと、ふまれて干上《ひあ》がった泥《どろ》とのおかげで、ようやく野原と区別《くべつ》できるだけだった。青白い満月《まんげつ》がちょうど地平線の上に出たとき、一行は家にちかづき、つかれきった馬たちもまた早足になった。家の窓《まど》という窓が、中のろうそくのあかりで、バラ色にかがやいていた。サクソン館から、召使《めしつか》いたちがろうそくのランタンを持って、馬をひきいれるために走り出てきた。

奥方《おくがた》のエレノア夫人が、戸口に立ってみんなをむかえ、おしゃべりや、ちょっとしたさわぎがまたはじまった。娘たちはおかあさんに、ロジャーはおばあさんに、たっぷりと、今日の興《こう》奮《ふん》をつたえた。待ちに待った夕食がはこばれてくると、おしゃべりはひっこみ、楽しい食事となった。壁《かべ》には、おとうさんの鎧と、楯と、槍《やり》が、小さなろうそくの照《て》りかえしでかがやき、大きな影《かげ》を投げていた。かぶとの羽かざりの影は、風に吹《ふ》かれているときのように、ちらちらしていた。ロジャーのねむい頭は、伝令官《でんれいかん》のラッパの音や、馬のいななきやかけ足、騎士たちのはげしい衝突《しょうとつ》の音、そして歓声《かんせい》がやんだあとの一瞬《いっしゅん》のしずけさの中で風に吹かれてパタパタと鳴る旗の音などで、いっぱいだった。

翌日《よくじつ》、馬はのんびりと休むことができたが、それからあとの乗馬の訓練《くんれん》は、もっと長く、もっと熱がはいった。ロジャーは、槍で的《まと》をつく練習をするのに、まえよりも重い木の楯と、槍と、ぶあつい革《かわ》の上着とをあてがわれた。そして全速力で馬を走らせながら、槍の先で、ぶらさがっているまるい的を打ちあてるのだ。ロジャーは、ヴァイキングではなくて、若者を教えるための、大きな馬に乗っていた。しかし、高価《こうか》な本物の鎧は、いまにそれが小さくて着られなくなることがわかっていたから、まだつくってもらえなかった。また本物の人間と突《つ》きあうには、たとえ相手をじぶんとおなじ年ごろの子にするとしても、ロジャーはまだ若すぎた。楯と手綱《たづな》を一方の手であやつり、もう一方の手で長い槍を使いこなすのは、たいへんむずかしい仕事だった。全速力で十回、的をすぎ、一回、槍で突くと、右の手首がはげしくいたみ、まるで手が落ちてしまうような気がした。おとうさんが、「一日の練習には、それでじゅうぶんだ。そんなに下手でなかったよ」といってくれたとき、ロジャーはほっとしてお礼をいった。

10　ロジャー島

　ロジャーは、小姓《こしょう》やねえさんたちを仲間《なかま》にして、おはじきや、すごろくや、チェスをしたり、竹馬に乗って遊んだりして時をすごしたが、思いはいつも、トービーや、リネットや、この子たちの美しいおかあさんへと、とんでいた。あのふしぎな経験《けいけん》を、家の人たちに話すことはできなかった。だれも信《しん》じてくれそうにないのだ。たぶん、オラフとなら、またちょっと、話ができるかもしれない。ロジャーは、ケンブリッジから帰るとちゅうでくつわがゆるんでしまったヴァイキングを連《つ》れて、かじやのところに出かけた。

　オラフは、ヴァイキングの足を持ちあげ、かがみこみながらいった。

「ところで、ぼっちゃん。あのするどいナイフを、悪いことに使ってはいらっしゃらないでしょうな。人をうしろから刺《さ》すためにあげたのではないですからね」

　ロジャーはびっくりして、こわくなった。オラフはぼくをからかっているのかしら、それとも知っているのかしら？　オラフがそんなふうにいったのは、うしろから刺すことが騎士道《きしどう》にふさわしくないからだが、ぼくはといえば、じっさいそれをやろうとしたんだ。

ようやく、ロジャーはいった。

「あんたのナイフ、勝手にうごきだすんだ。こまったときに、うまくぼくを助けだしてくれたよ」

「それはよかったですね」

オラフはもうなにも質問《しつもん》しないで、新しいくつわをつくるのに余念《よねん》がなかった。

「ぼく、ちょっと遠くまで、ひとりで出かけているんだよ」

「ほほう」

「ヴァイキングも連れていけないものかどうか、考えてるところなんだ」

「人が行けて、馬が行けないところなんて、聞いたことがないですがね。城壁《じょうへき》をよじのぼったり、木にのぼったりするんなら別《べつ》だけど」

「それとも、塔《とう》の中のらせん階段《かいだん》をのぼったり、ね」ロジャーは、ただじょうだんを話しているようなふりをして、いった。

「ヴァイキングをのぼらせることは、そりゃあできるかもしれませんよ。けれど、連れておろす仕事は、わたしゃいやですね」

「乗ったままでおりてくればいいよ」

「ぼっちゃんなら、たぶんね。それよりもっとばかげたこともできますからな。目かくしして、とびおりさせるなんて、ね」

ロジャーは、ちょうどそういったことをしようと思っていたところなので、オラフにむかってちょっと笑《わら》うと、ヴァイキングにまたがり、わたし場のほうへとゆっくりかけていった。そしてそこで革袋《かわぶくろ》に水を満《み》たすと、修道院《しゅうどういん》への道をたどり、お石さまのところへきた。

まだ暑い日中だった。木々が半円形になっているところと、森ぜんたいとに、おさえきれない生命力が、わき起こっている感じがした！　ハリエニシダのつぼみが頭を出し、大気は、かぐわしいかおりと、あらあらしい自然《しぜん》のかがやきとに、あふれていた。鳥も大きな声で、さえずり、うたい、鳴きかわしていた。まるで、いま起こっている出来事を、かくそうとしているかのようだった。

お石さまも、なにかを待ちうけているように見えた。片方《かたほう》のお石さまの横に、野ウサギがまっすぐ立ち、すわるところに片足を乗せて体をささえながら、ロジャーとヴァイキングがちかづいてくるのをじっと見つめていたが、やがて長いうしろ足でゆっくりととんで、去っていった。野ウサギが魔法《まほう》の生きものであって、しばしば魂《たましい》が動物の姿《すがた》をしてあらわれたものであることを、ロジャーは知っていた。それで、どうか魔法がお石さまを離《はな》れていったのではありませんように、と願《ねが》った。ロジャーは、お石さまがいちどしてくださったことを、またしてくださるかどうかわからなかったし、じぶんがいましようとしていることが、お石さまの持っている力をおこらせはしないかどうか、ということもわからなかった。とにかく、ロジャーは馬をおりて、敬礼《けいれい》をした。それから、石のまえに、満開《まんかい》のサンザシをひと枝《えだ》おいた。サンザシにも、魔法の力があるのだ。そして、むかしの神さまにするように、川の水をお神酒《みき》としてそそいだ。ヴァイキングにも、ひざまずかせた――これは、夏祭りの縁日《えんにち》を見たあとで教えこんだ芸当である。それから、王さま石の座席《ざせき》に立って、ヴァイキングにも、二本のまえ足をそこへ乗せるようにうながした。そして大きな声でいった。

「ぼくたちを、トービーのところに行かせてください」

ヴァイキングが足を地上におろし、ロジャーが石からその背《せ》にまたがると、たちまち、馬も人も、もっとひろびろとして、もっと豊《ゆた》かな土地に出ていた。ロジャーは、最初《さいしょ》のときほど驚《おどろ》かなかった。村の共有地《きょうゆうち》をとおってゆっくり馬をすすめていくと、ウサギやキツネの子がおり、アヒルが川岸で体を休め、カワウソが遊び、アオサギがさかなをとっていたが、とおりすぎる馬に、目もくれなかった。人が乗っていても、平気だった。もしロジャーが歩いていっても、これ以上《いじょう》に気楽な態度《たいど》ではいなかったことだろう。空は、ツバメがすごいスピードであちこちさかんに飛《と》びまわっており、ロジャーがそのあいだをぶつからないでゆっくりすすんでいけたのは、ふしぎなくらいだった。ハイタカは、このツバメたちにかまわず、じっと空中にただよい、キジは小さなひなたちを隠《かく》れ家《が》へいそがせていた。世の中は、あらゆる種類《しゅるい》の生命に満ちていた。ロジャーはその中で楽しんでいたが、それを別にふしぎだとも思っていなかった。ロジャーの世界はいつもこうだったのだ。

こうして活発にうごいている動物たちのむこうのほうに、ロジャーはじぶんとおなじ仲間を見つけた。それは、あのすばらしい栗毛の馬に乗ったトービーだったので、心がおどった。大声で「おおい！」とよびながらかけていくと、動物はみんなちりぢりに逃《に》げ、姿を消してしまった。

少年たちは、ならんで手綱《たづな》をひいた。トービーは、ロジャーほど興奮《こうふん》していなかったが、礼儀《れいぎ》正しくて、友情《ゆうじょう》に満ちていた。美しくかがやく髪《かみ》を風になびかせ、笑いながら、こういった。

「やあ、またきみだね、いとこ君。このあいだは、みごとに雲がくれの術《じゅつ》をやってのけたね。それとも、あのおかしなかっこうの大きな馬から落っこちたのかい？　ぼくはきみがすぐうしろにいるとばかり思っていたんだけど、見ると、からっぽのくらだけじゃないか。ところで、きみの使いなれてるくらは、とっても変《か》わった種類のものだね」

ロジャーはおこっていった。

「落っこちやしなかったよ。きみがぼくを連れないで行っちゃっただけさ。それから、ぼくのくらは馬上試合用《しあいよう》のだ。きみのくらに乗って馬上試合をするなんて、ごめんだな」

ロジャーのくらは木でできており、まえの部分が高くなっていた。そこは鎧《よろい》でふせげないので、くらで騎手《きしゅ》を守るのである。

「馬上試合だって？　この国のどこかで、いまでもそんなことしているところがあるんかい？いとこ君。きみはいったい、どこからきたの？」

「ここだよ。まえにもいったとおりだよ。でも、きみには信じられないだろうな。まあそんなこと、どうでもいいさ。きみの馬を走らせてみせてよ。そうしたら、ぼくが追いついていけるかどうか、わかるからね」

「そうか！　競馬《けいば》だね。どこへ行く？」

ロジャーは、じぶんのきた方向をうしろむきに指さした。

「むこうに小さな丘《おか》が見えるね。あの――」

ロジャーは、「あの森のはしの」といいかけた。が、ぐるっとまわってそちらの方向にむくと、その森が、波うつようにうねった野原の彼方《かなた》へ、ずっとしりぞいてしまっているではないか。それで、「あの地平線の上の」といいかえた。

「ロジャー島のことかい？」

「そういう名まえでよばれているの？」

ロジャーの血が、血管《けっかん》の中でわきたった。ぼくの名まえが、そんなに長いあいだよばれつづけるなんて、本当にありうることだろうか？

「そうさ。あそこまで競争《きょうそう》していって、あの小さな川をとぼう」

「きみはあそこによく行くの？」

ロジャーは不意《ふい》に、じぶんの秘密《ひみつ》がぬすまれてしまったのではないかと心配になった。

「ぼくたち、ときどき、手さげかごを持っていって、食事をするよ。とっても景色《けしき》がいいんだ。それから、子どものいすみたいな風変《ふうが》わりな石がふたつあってさ。リネットは、そこにすわるのがすきなんだ」

ロジャーは、リネットならいいと思った。リネットなら、ぴったりだ。それにあの子は、ぼくを見ても驚かなかった。ぼくを、ほかの人たちの仲間なのよ、といっていた。だが、ほかの人たちというのは、いったいだれのことで、ぼくとどういう共通点を持っているのだろう。それが、ロジャーにはわからなかった。

「いいかい？　それっ！」

トービーがいった。

ふたりは出発した。栗毛《くりげ》の馬が、鳥のように大地をとんで、たやすく先頭になり、トービーの上着のすそが、風にはためいた。だが道は遠かった。ヴァイキングはいつもうしろだったが、つかれを知らなかった。小川に着いたときには、なん馬身もおくれていた。栗毛は、汗《あせ》をかき、苦しそうに息をしていたが、それでも美しい足をそろえて、とびこすことができた。一方、ヴァイキングはといえば、まったく立ちどまってしまって、息《いき》をつきなおすと、頭をたれて水を飲みはじめた。競馬をしたことなどなかったので、勝とうという了見《りょうけん》がまったくなかった。

少年たちは笑い、ロジャーはこの馬の頭を手綱でひっぱりあげた。

トービーがいった。

「いい馬だ。きみはあまり競馬をさせていないんだろう。この馬に、二等賞《とうしょう》をあげよう」

トービーは、じぶんのひざ帯《おび》のかざりになっていたちょうむすびのリボンをひとつとると、板の橋をわたって、ヴァイキングの馬具にむすびつけた。

「ぼくのフェステは、サラブレッドなんだよ。チャールズ王さまが競馬にむちゅうなので、このへんじゃあ、みんなが練習に熱心《ねっしん》でね。流行なんだ。ニューマーケットまではずいぶん遠いけれど、ぼくは競馬見物に行ったことがあるよ。競馬のときは、いつも王さまがおいでになる」

王さまのことが話に出てきたので、ロジャーはいつも気になっていたことをたずねてみた。

「王さまは、フランス語をお話しにならないの？」

「うん、そりゃあね。王さまはお話しになれるにちがいないよ。だって、フランスに長いあいだすんでいらしたんだから。それから、宮廷《きゅうてい》の人たちも、フランス語ができるにちがいないと思うよ。フランスから、おおぜいのお客さまがくるんだからね」

「きみは？」

トービーは笑った。

「まあね。でも、きみの英語《えいご》とおなじくらいみょうちきりんだろうね」

「ぼくは、家ではフランス語を話すんだ。父上は半分しかノルマンの血がはいってないけど、ド・グレイ家はウィリアム征服王《せいふくおう》といっしょにイギリスへきたんだよ」

「ずいぶんむかしまでつながっているんだね。きみの家の人たち、家系《かけい》にむちゅうなんだろうな」

トービーはこういって、さらにつづけた。

「ぼく、いまだにラテン語を話すケンブリッジの年よりの先生を知っているよ。でも、ぼくには英語がいいな」

「きみがしゃべると、英語もすてきに聞こえるよ」

トービーは、また橋をわたった。

「フェステが汗をかいている。ぼく、ブラシをかけてやろう」

トービーは、手にいっぱいの枯《か》れ草《くさ》をつかんでひきぬき、馬の首や肩《かた》をこすってやりはじめた。このころになると、ヴァイキングもようやく流れをとびこすことを承知《しょうち》し、二頭の馬は、たがいの鼻の穴《あな》に息を吹《ふ》きこみあった。ロジャーは馬からおりると、ヴァイキングの頭を両手でかかえ、できるだけあまくやさしい英語で話しかけながら、愛撫《あいぶ》してやった。じぶんの英語をきっちり聞いてくれる耳に、ごく自然にしゃべりかけることができるのが、うれしかった。ヴァイキングは、愛情のこもったいなきをあげて、こたえてみせた。トービーのほうからも、なにかおかしくて息がつまるような声が聞こえてきた。ロジャーは、なにがそんなにうれしいのかしらと思って、ぐるっとふりむいた。すると、そこにはなにもなくなっていた。少年も、馬もおらず、立ち去っていく姿も音もなかった。ロジャーも笑った。トービーがいたずらをしているんだったら、じぶんも加《くわ》わりたいという、せつない気持ちをこめた笑いだった。

(どこへ行ったんだろう?) とロジャーは思った。(遠くへ行ったはずがない)。それから、思い出した。「雲がくれの術をしたのは、トービーじゃない。また、このぼくなんだ! いつも時間が短すぎるんだ。トービー! トービー!」

こたえはなかった。五百四十年というのは、声が旅するにはあまりにも長い道のりだった。どうしてロジャーは、いそいでお石さまのところにもどり、すぐにトービーのもとへかけつけられるようにたのまなかったのだろう? それは、お石さまがいかめしい姿をしていたからだし、またロジャーが、年長者への礼儀についてきびしいしつけをうけ、与《あた》えられたものだけをいただいて、あまりに多くを要求《ようきゅう》しないように育てられていたからだった。

ロジャーはゆっくりと家に帰った。心が乱《みだ》れ、考えにふけっていた。時間をとびこえることは、どうやらできるらしい。でも、腹立《はらだ》たしいほど、じぶんの思うようにならない。トービーが、そう、かんぺきな友がいるのに、そのトービーといっしょにいることは、手のひらに水をくんだままでいるのとおなじほどむずかしいのだ。

11　王妃石の秘密

翌日《よくじつ》、オズモンドはロジャーを連《つ》れ、修道院《しゅうどういん》に、エドガーを訪《たず》ねていった。修道院長には、ウナギと卵《たまご》、エドガーには、ハチミツと砂糖菓子《さとうがし》を、いくつかのかごに入れ、荷馬につんでいった。島になっている丘《おか》をとおりすぎるとき、ロジャーは、お石さまがうまく見えないようになっているのを見て、うれしかった。

オズモンドがいった。

「おや。だれかが、あの上のやぶを切りひらいているな。せっかく切りひらいた土地を、またもとの森にもどしてしまってはいけない。だがいったい、どうしてこんなところを切りひらいたのかな。やせて、得《とく》にもならない土地だのに。ここは、わが家の領地内《りょうちない》だと思う。だれがここではたらいたのか、執事《しつじ》に聞いてみよう。くたびれもうけさせたわけだ」

ロジャーがいった。

「ぼくがしたんです。ぼく、あそこがすきなんです。ヴァイキングに、坂をのぼってかけさせることができるし、頂上《ちょうじょう》から、家の領地をぜんぶ見ることができるんです。もしも用のない土地なら、どうか、ぼくにください」

「いったい、なんのためにかね？」

「すきなんです。結婚《けっこん》するときは、あそこに家を建《た》てます」

オズモンドは笑《わら》った。

「結婚するときには、おまえにやろう。だがおまえの奥方《おくがた》は、もっといいところをほしがると思うぞ」

ロジャーは満足《まんぞく》した。これで、まちがいなく、「ロジャー島」とよばれることになるはずだ。

ふたりが、森のはしにそって、なんキロも馬をすすめても、島はいぜんとして目のまえにひろがっていた。ロジャーは、ふと、じぶんとトービーが島にむかって競馬《けいば》したとき、この森が地平線までしりぞいてしまっており、しかもそのことにじぶんがすこしも驚《おどろ》かなかったことを、思い出した。あたりには、野原ややぶが散《ち》らばっていたが、まるで永遠《えいえん》のむかしからそこにあったかのように、おちつきはらって見えたので、これまでは、なんということなく、そういうものだと思いこんでいた。だがいまは、心がふるえるような思いだった。森が、とほうもなく美しい。芽《め》ぶいている小枝《こえだ》は、どれもあたたかそうで、つやつや光り、サンザシと野生の桜《さくら》は、満開だ。地上では、太陽の光が、すじになってのびている。ある場所では、一エーカーものキキョウの花の上、別《べつ》の場所では、新しいワラビの葉の群《む》れの上に、のびている。ふたりは、黒ブタの群れが木の下でのんびりとのどや鼻を鳴らし、牧童《ぼくどう》が草の上に寝《ね》そべっているところも、とおりすぎた。さらに行くと、材木《ざいもく》をつんだ重い車に出会った。雄牛《おうし》がひっぱっていた。人間は、森がなかったら、どうやって生きていけるのかしら？　森は、水のように、なくてはならないものなのだ。

帰りの旅で、家にちかづくにつれて、ロジャーは、いったいどうしたら、リネットとその家族が戸外で食事をしているところへ、行きあわせることができるかしら、と考えこんでいた。いつもまねかれざる客のように、家のあたりをうろついているなんて、いやだった。だがそう思ったとたんに、笑えてきた。

「とにかく、あれはぼくの家なんだし、ぼくはいつもあそこにいるんだ！」

しかし、つぎの出会いは、ぜんぜんロジャーのほうからしかけたものではなかった。この三週間というもの、ロジャーはおとうさんの命令《めいれい》で、エレノア夫人《ふじん》や女の子たちへのりっぱな布《ぬの》やおくりものを買いに、遠くの市場まで出かけたり、馬上試合《しあい》のときに出会ったほかのマナーの領主たちを訪問《ほうもん》したりで、いそがしかった。ロジャーはまた、的《まと》うちの訓練《くんれん》で、オズモンドのひきいる義勇騎兵隊《ぎゆうきへいたい》と戦《たたか》わなければならなかった。もし戦争《せんそう》が起こって、伯爵《はくしゃく》からよび出しがあるとすれば、一年じゅうで、いまがいちばんその時期だった。弓の射手《しゃしゅ》たちは、みな歩兵だったが、ロジャーは、おとなになったら騎士になり、武器《ぶき》は槍《やり》か剣《けん》になるはずだった。しかし、狩《か》りをするために、弓術《きゅうじゅつ》も練習した。ただし、これも馬上でしなければならなかった。ロジャーは、全速力で馬をかけても、けっして的をはずさないという、サラセン人のとほうもない弓術のうわさを聞いていた。そして、いかにも男の子らしく、それとおなじくらい、いやもっとすぐれた手柄《てがら》をたてたいと願《ねが》っていた。

ロジャーがひとりきりでお石さまのところへ行ける機会《きかい》を見つけたのは、五月も末《すえ》にちかづいてからだった。木の葉はもう生長しきっていたが、冬に見たらびっくりするあの生き生きとしたみどり色を、いまもなおたたえていた。こんなにみどりになることが、いったいできるものなのかしら、とロジャーは思った。まったくみごとだ。みごとすぎる。空ぜんたいが、みどり色だ。小鳥たちのさわぎも、手で耳をおおわなければならないほどだった。ナイチンゲールの長くひく鳴き声は、ツグミの声をもしのいでいた。

ロジャーは、お石さまのそばに、ひざをかかえこんですわり、キンポウゲがひろがって、きらきらかがやく黄色でおおわれた遠くの牧草地をながめていた。黄色は、みどり色のいちばんちかい兄弟分だ。

ロジャーは、これからなにをするか、なかなかきまらなかったが、やがて、このいちめんのみどりの、魔術《まじゅつ》のような感動に圧倒《あっとう》されて、鳥の歌をまねるために春にはよく持ち歩いているフラジョレットをとりあげると、「夏が来たりて」を吹《ふ》きはじめた。

音色はとび立って、空にただよった——が、なにかどうも、ふたごのように響《ひび》いていた。ロジャーは、笛を吹いては、出てくる音色に、注意深く耳をかたむけた。だれかが、ぼくとまったく同時に吹いている！　音楽は重なりあっている——ひとつになっている。

ロジャーは、ふりかえって見まわした。リネットが、王妃石《おうひいし》のほうにすわっていた。それから、トービーと似《に》ているけれども、もっと年下の男の子がひとり、フルートを吹いていた。トービーは、二頭の馬と、黒と白のまじった一頭の小さなポニーの手綱《たづな》を、腕《うで》に巻《ま》いて持っていた。リネットは、お石さまの上に立って、とんだりはねたりした。

「ほら、あの子がいるわ。ロジャーよ。見て、アレクサンダー、あたしのロジャーがいるのよ！」

ロジャーは、リネットのほうへ行こうとして、吹くのをやめた。同時に、アレクサンダーもフルートをおろした。と、みんな姿《すがた》が消えてしまった。ロジャーは、はっと息をのんで、また吹いた。が、だめだった。ロジャーは、おにごっこでもしているように、両手をまえにのばして走りまわった。だがみんなは消えたままだった。

「ぼくはいつも、五百四十年早すぎるんだ」と、ロジャーはさけんだ。だが、こたえはなかった。

ロジャーは腰《こし》をおろし、できるだけ気持ちを集中させて、熱心《ねっしん》に考えた。まったく、とんでもなくむずかしい魔法《まほう》だ。そのうちに、いろいろな思いがどうしようもなくからまりあっている中から、ふと、リネットが王妃石にすわっていたことが、心にうかんできた。もし、王さまはいつもまえ（未来《みらい》）のほうを見ているが、王妃さまは、ぼくのおかあさんやおばあさんのように、いつもうしろ（過去《かこ》）のほうを見ているとしたら、どうだろう？　こんどの場合、ロジャーは、じぶんが時間の中をうごいたのでないことを知っていた。ぼくはちゃんとじぶんの場所にいる。こんどは、あの子たちが、ほかの人たちなのだ。いろいろな考えにふけりながら、リネットの言葉を使ってみると、それがどういう意味なのか、ロジャーにもわかってきた。それじゃあ、リネットとトービーは、ぼくのほかにも、「ほかの人たち」を知っているのだ。ほかにも、だれかがお石さまの力を使っているのだろうか？

もし、リネットがお石さまの上をとんだりはねたりしながら、たまたまぼくのことを考えていたものだから、こんなにはるばる、ぼくのところまでもどってくることになったのだとした

ら、どうだろう？　でも、ほかのれんちゅうもあそこにきていた。それから馬も。それじゃあ、ひょっとして、音楽のせいかもしれない。あの時といまとで、いっしょに音楽をした——。それで、魔法が起こったんだ。音楽が魔法の力を持っていることは、だれでも知っている。教会の音楽によっても、ちゃんとわかる。

ロジャーは、王妃石についてのじぶんの考えが正しいかどうか、はっきりさせなければならなかった。ためしてみようと思ってはね起きたが、ためらった。そんなに早まったことをしていいものだろうか。リネットは、ぼくのところにやってきた。けれどぼくが過去にもどっていって、いったいなにを見つけることになるかしら？　ロジャーは、じぶんがリネットよりも臆《おく》病《びょう》になっているのが、はずかしかった。もしリネットが本当にそのようにしてやってきたとしての話だけど。

ロジャーは、王妃石のまえに片《かた》ひざをついてから、そっとその上にすわった。

「どうぞ、ぼくに、一分間だけ、五百四十年前にもどることをおゆるしください」

はるか川下のほうで、武器をうちあい、ときの声のあがる音がし、おそれおののいた鳥の群れが、逃《に》げながら、ロジャーのそばをさっととおりすぎていった。イノシシ狩りの日のような、おそろしいさけびや金切り声も聞こえてきた。村じゅうがいちめんに火の海となり、地平線は煙《けむり》でうず巻いていた。ただ、川には、「黒ガラス」の旗《はた》をかかげた長い船が、いくそうかとまっているのが、はっきり見えた。女や子どもたちは、ちりぢりに逃げまどい、男たちは戦ったが、両手でふりまわす大きな斧《おの》で切りたおされていた。逃げた男は追跡《ついせき》され、捕虜《ほりょ》になった。この距離《きょり》からは、だれがだれだか見分けられなかったが、大地には、ロジャーの仲間《なかま》、つまりロジャーの村の農民《のうみん》たちの死体が、散らばっていた。

ぼくの家の人たちはどうかしら？　マナーのある場所は、鳥のように飛《と》び立《た》つ煙や、高く燃《も》えあがるほのおで、かくれてしまっていた。ロジャーの体は、おそろしくて、熱《あつ》くなったり、冷《つめ》たくなったりした。家の人たちは、みんな、まちがいなく殺《ころ》されたのだ。おとうさんも、不《ふ》意打《いう》ちをかけられ、鎧《よろい》もつけないで戦って、殺されたのだ。ぼくも走って、森の中にかくれなければならない——でも、そのあと、ひとりでいったいどうしたらいいんだろう？　しばらくのあいだ、ロジャーは両手で顔をおおった。涙《なみだ》が、指のあいだから流れ落ちた。

しかし、ロジャーのすぐそばにいるコマドリが、のんびりと、ひくく、幸《しあわ》せそうなおしゃべりの声をあげていた。ロジャーは、上を見あげた。

葉がサラサラと音をたて、キツツキがトントンたたき、ひろびろとした景色《けしき》の上で、太陽が、すくすく育つ小麦やふとった子羊を、祝福《しゅくふく》していた。ワチェットは、ぽかんとして満足しきった表情《ひょうじょう》をうかべ、目をとじて、そよ風がなにか特別《とくべつ》なものをもってくるたびに、鼻をぴくぴくさせながら、すわっていた。煙はといえば、マナー館の屋根の新しい煙突《えんとつ》から、一本立ちのぼっているだけだった。

ロジャーは、たいそう驚きながらも、じぶんが見たのは、おばあさん側《がわ》のサクソン人の祖先《そせん》が、いまじぶんの領土となっているところを占領《せんりょう》しにきたところだということに気がついた。もっとも、ここがじぶんのものになったのは、そのつぎにまたノルマン人が征服したあとのことだ。おまけに、そのあと、これほど奥地まではこなかったけれども、デンマーク人の侵略《しんりゃく》があった。もし、世の中がこんなふうにつづいていくなら、いったい、どうしてマナー館が、長く建ちつづけていくことができるかしら?

だがロジャーは、それが建ちつづけていったことを、知っているのだ。

12　さらに百四十年先

家では、ロジャーの心をうばう大きな事件《じけん》が、起こっていた。ノルマンディーにいるバーナードから、もう十八か月も、ぜんぜんたよりがなかった。ところが、いま、バーナードが小姓《こしょう》として仕えていた伯爵《はくしゃく》の兄がとらえられ、その家族もちりぢりになったことがわかったのだ。だからといって、ぜんぜん望《のぞ》みがなくなってしまったわけではなかった。当時、手紙は、たまたまとおりかかった旅人や商人にたのんで、手わたしてもらわなければならなかったし、海では難破《なんぱ》や海賊《かいぞく》の危険《きけん》、陸《りく》では事故《じこ》や盗難《とうなん》の危険があって、なかなか着かなかったのである。

それでも、エレノア夫人《ふじん》は、このいちばん上のむすこの身の上を案《あん》じるあまり、病気になって、やせてしまった。オズモンドは、妻《つま》の心をなぐさめる計画を思いついた。ものすごく大きな石がマナーに持ちこまれ、館《やかた》の入り口のわきに立てられた。そして、彫刻《ちょうこく》の大家が、巨大《きょだい》な聖《せい》クリストファーさまの像《ぞう》を彫《ほ》る仕事をひきうけた。聖クリストファーさまは、旅人の守り神なので、バーナードが無事《ぶじ》に家に帰るよう、祈《いの》りをささげることができるのだ。その後、オズモンドは、もしこの聖者が仕事をやりおおせて、バーナードを家に帰らせてくれたら、聖者のためのチャペルを建《た》てよう、といった。

彫刻師《ちょうこくし》は、ここでやとわれているあいだ、新しいマナー館にすみこんだ。いうまでもなく、彫刻師も職人《しょくにん》だから、一般《いっぱん》のテーブルのひくいほうのはしにすわったが、たいそう尊敬《そんけい》されていた。小がらだが、力に満《み》ちた男で、無口《むくち》でぼんやりしているようなところがあったが、ときどきユーモアがひらめき、小姓たちを残《のこ》らず笑《わら》わせ、遠くの高いテーブルにすわっている人たちまでが、彫刻師はいったいなにをいったのかと、たずねるほどだった。

彫刻師は、すぐにロジャーのあこがれの的《まと》となった。彫刻師がぼんやり考えにふけってすわっているときでも、まえかけをつけて道具をならべているときでも、ロジャーは、そのひとつひとつの動作を、すばらしいな、と思って見守った。彫刻師が仕事をしているところをながめ、石の破片《はへん》がとびちり、形があらわれてくるのを見ていると、心がひきつけられた。その形は、最初《さいしょ》、雪だるまのようにごつごつしていたが、ロジャーには、どこが肩《かた》になり、どこの部分が頭になるのか、わかっていた。それから、いろんなこまかい部分が、石から生まれてきた。カールした髪《かみ》の毛《け》、上着のひだ、ひじなどだ。つぎの日には、おさないキリストの頭があらわれ、小さな手が、まるで水から出てくるように、石から生まれてくる——。数週間というもの、ロジャーはこういう仕事がすすむのを見ないではいられなかった。それはまるでかんたんそうに思えた。正しい場所をちょっと打ちさえすれば、姿《すがた》があらわれてくるのだ。彫刻師は口をきかなかった。質問《しつもん》などとりあわなかった。馬丁が口笛を吹《ふ》くように、くちびるを鳴らしたが、それは石の粉《こな》が口にはいらないようにするためだった。

ロジャーがまたお石さまのところへ行ったのは、もう秋にはいったころだった。わすれてしまったのではないけれども、そのあいだにいろいろなことがあったので、もっと実験《じっけん》してみることも先にのばしたい気持ちになっていたのだ。王妃石《おうひいし》については、あの冒険《ぼうけん》で、ロジャーはすっかりおじけづいてしまった。もういちどやってみようとは思わなかった。そのくせ、リネットにはやってほしかった。ぼくを見つけてくれるためにだ。

ロジャーは、王さま石におじぎをしてから、そこに腰《こし》をおろした。どの時代まで行こうかしら？　最初のタンポポの結果《けっか》については、運がよかった。リネットや、トービーや、アレクサンダーを見つける以上《いじょう》にすばらしいことがあるだろうか？　ロジャーは、こんどもまた運にまかせることにした。種《たね》ばかりになったタンポポを、またひとつつんだ。

「このまえは、一六六〇年まで行った。それから先、どれだけ行くかな？」

ロジャーが吹こうとして息をすいこんだとたん、不意《ふい》にさっと風が吹いてきて少年の応援《おうえん》をし、白い髪の毛のような糸を一本残したまま、タンポポの頭をみんなとっていってしまった。この残った糸を吹きはらうには、四吹きしなければならなかった。

「百四十」

ロジャーはすばやく計算した。

「どうか、ぼく、紀元《きげん》一八〇〇年のグリーン・ノウを訪《たず》ねてみたいんです」

こういったとたん、ロジャーはじぶんがなにをしたか気づいて、ちぢみあがった。そんな先の年までには、この世のおわりがきてしまっているかもしれない。ちょうど最後の審判《しんぱん》の日かもしれない!

幸《さいわ》いにも、世の中は無事らしく、このまえ未来《みらい》のほうへとんだときに見たのと、たいへんよく似《に》ていた。ただ、けもの道が、人の楽にとおれる道になっていて、そのはばのひろさや表面のなめらかさなどが、ロジャーを驚《おどろ》かせた。村にちかづくにしたがって、どんなに小さな家にも煙突《えんとつ》が見えた。また、車輪《しゃりん》のついた戦車《せんしゃ》のようなものが、すばやい足どりで、ほとんど音もなくうごいていて、騎士《きし》だろうか、高いところにすわってうごかしている男の頭が、両側《りょうがわ》に立ちならぶやぶの上に、ひょいひょいと見えかくれしながらすすんでいるのが見えた。ロジャーは、もっとちかくで見たい気がしたけれども、その道路は、マナー館へまっすぐむかう方向からぐいとそれて、木立のうしろに見えなくなってしまった。

館そのものも、木のかげにかくれていた。たくさんの木が、生垣《いけがき》のあいだに、生《お》いしげっていた。ロジャーは、はてしなくひろい森をどうやら生きていける分だけ苦心さんたんして切りひらいた人たちの子孫《しそん》だったから、こんなふうに木をはびこらせるのは、とてももったいないことに思えた。しかし、あの悪魔《あくま》が出そうな森は、あとかたもなくなっているように見えた。ロジャーは、このまえのように、はじめてリネットに会った森をとおって、ちかづいていった。その森には、よく人がとおるらしい道ができていた。ここから出れば、館と、それを取りまく小屋が見えるはずだ。

さらに一歩すすんだとき、ロジャーは悲しみのさけび声をあげた。館がない！　影《かげ》も形もない。そしてそのかわりに、ずっと大きくて、煙突をたくさんつけた、四角く赤い建物《たてもの》が、建っていた。それは、ロジャーの家のあったところに建っていて、二階にも一階にも、二メートル五十センチほどの高さの窓《まど》がついており、堀《ほり》があったはずのあたりのなめらかな草地を見おろしている。ロジャーは、その堀が掘《ほ》り起《お》こされるのをじぶんの目で見ていた。あれはすばらしい仕事だった！　ところが、いまはだれかがそれをまたうめてしまった。ロジャーは、家にも感心しなかった。うすっぺらに見えた。石弓で攻撃《こうげき》すれば、かんたんにこわされてしまうだろう。おまけに堀がなくては、川をこいで上がってくる軍船《ぐんせん》に対しても、ふせぎようがない。

驚いたことに、ロジャーがひと目見ようとして、そっとちかづいていっても、あたりにだれもいないようだった。壁《かべ》は、さわってみると、あらい土器《どき》のような感じの四角い泥《どろ》のかたまりでできていた。

(水さしのようにもろい家だな!)

ロジャーはそう思って、軽べつした。窓をのぞいてみた。するとその窓は、空気がかたまってできていた——指のつめで、トントンたたくことができる。ロジャーは、大工《だいく》たちが、寺院《じいん》や城《しろ》のガラスについて話しているのを聞いたことがあったが、こんなふうなものとは思ってもいなかったのだ。大工たちは、それは寒さをふせぐけれども、大部分の光もさえぎってしまう、と話していた。当時のガラスは、ぶあつくて、色がついていて、鉛《なまり》の網目《あみめ》の中に組みこまれていた。

ロジャーは、へやの内側を見ることができた。人ひとりささえることもできないような、よわよわしいいすがいっぱいあった。そのいすの細い脚《あし》には、お坊《ぼう》さんが聖書のかざりに使うような、金箔《きんぱく》が塗《ぬ》ってあるように思えた。ちっぽけなテーブルがいすのわきに散《ち》らばっていて、一方のすみには、どんな吟遊詩人《ぎんゆうしじん》もはこぶことができないほどの、巨大な金のハープが立てか

けてあった。これは、王さまの家族が使うへやにちがいない。ひょっとしたら、伯爵の子孫が王位《おうい》について、これはその家族の避暑用《ひしょよう》の宮殿《きゅうでん》なのだ。

床《ゆか》の上には、豪華《ごうか》な織物《おりもの》がしきつめてあった。東方の国から帰ってきた十字軍の兵士《へいし》たちが、コンスタンチノープルにはそういうものがあることを話していたが、ロジャーはまだ見たことがなかった。いちばんすばらしいのは、暖炉《だんろ》の上にある、人の背《せ》の高さほどの、彫り物をした金色の枠《わく》だった。その中に、外の庭や川がすっかりあらわれ、窓枠や、いまのぞきこんでいるロジャー自身もうつっているのだ。ロジャーが腕《うで》をふると、その姿も腕をふったので、じぶんだとわかった。おそろしい魔法《まほう》だ！　しずかな水面にうつった影のようだが、あんなふうにたてに立っているんだから、水のはずがない。それから、おかあさんの金属製《きんぞくせい》の手鏡《てかがみ》のようだが、もっとずっと明るく見える。たいそうみがきぬいた金属の、大きな板にちがいない。まちがいなく、銀だ。ロジャーは、その中を、ツバメが飛《と》びまわったり、白鳥がつがいになって飛びすぎたり、最初の秋の葉がちらちら落ちていったりするのを、見守っていた。魔法でないにしても、これはまったくうっとりしてしまうながめだった。

そのほかの点では、たとえこのへやが王妃さまのものだとしても、ロジャーには、うすっぺらでばかげて見えた。このへやが取りはらってしまったむかしの力強い質素《しっそ》な感じを思い出すと、ロジャーは腹《はら》が立ってきた。残念《ざんねん》だ！　あれはいまこの時まで長つづきしなかったんだ。いったい、あんなに力強い感じのものを、なぜとりこわしてしまうんだろう？　まだまだ長つづきしたかもしれないのに。ロジャーは、まるで戦争《せんそう》で裏切《うらぎ》りにあって死んだ友人を、嘆《なげ》き悲《かな》しむような気持ちだった。

ロジャーは、がっかりしながら、高く赤い建物のわきをまわっていった。すると、王妃さまの庭にちがいないと思えるところに出た。鎌《かま》で短く刈《か》った芝生《しばふ》と、花壇《かだん》がひろがり、まわりは、地面をなでるような枝《えだ》をつけた大きな木立に、まるくかこまれていた。その木立のならぶまるい線が、むかしは堀のふちだったところだ。ロジャーは、もう平気で芝生をよこぎった。つまるところ、ここはぼくの土地なのだ。あたりにいるかもしれない王さまの衛兵《えいへい》に説明《せつめい》して、わかってもらうのはむずかしいだろうけれども、そうなんだ。

ロジャーは、木立の下をとおっていった。とてもうれしかったのは、すくなくともこのあたりでは、堀がまだ残っていて、水をたたえていることだった。バンやアヒルが泳いでいた。だが、「うちの堀」としてロジャーが自慢《じまん》にしていたところは、もと、岸に木など生えていなかったはずだ。あき地にし、柵《さく》をめぐらしてあったはずだ。

土手にそって歩くと、ほどなく一本の大木に出くわした。その紫《むらさき》やまっ赤な色の葉は、大きな絹《きぬ》のテントのようになって、まわりにたれさがっていた。ロジャーがその枝の下のひろびろとした場所に足をふみいれると、重なりあった葉のあいだから太陽がのぞきこみ、無数の点になった光が、ちらちらおどりながら、中を照《て》らしていた。ロジャーは、いままで、こんなに美しいドームのある宮殿を、夢《ゆめ》にも思いうかべたことがなかった。話に聞いたことのある東方の宮殿とは、こういうものなのかしら。いちめんに色まばゆくて、しかもうす暗い。ロジャーは、上をむき、あたりを見まわしながら、息がとまる思いだった。そして、じぶんがひとりきりでないことに気づいた。

幹《みき》のそばの地面に、ひとりの女の子がすわっていた。きれいな服を着ているが、しわくちゃにしてしまっている。そしてそばに、黒人の少年がいた。ふたりいっしょで、とても幸せそうに見えた。ロジャーは、ときどき、外国の商船の乗組員の中に、黒人を見たことがあった。このふたりは、妹と兄のようにふるまっているが、どう見ても、お姫《ひめ》さまとお供《とも》の召使《めしつか》いだ。女の子は、まるで驚いたシカのように、ぴくりっとして、ロジャーのほうを見た。

「ジェイコブ、だれがそこにいるの？　トーリーかしら？」

黒人の少年はこたえた。

「だれも、見えないよ、おじょうさん」

「おまえはいつもそういうのね！　なにも見えないのなら、目を持っていたって、しようがないじゃないの。トーリー、あんた？」

「おじょうさん、驚かしてしまったんなら、ごめんなさい。ぼくの名まえは、ロジャー・ドルノーです。ぼく、たいへん古い家をさがしにきたんだけど、もうなくなっていました」

するとと、女の子はいった。

「ほら、おわかり、ジェイコブ。この人、ほかの人たちの仲間《なかま》なのよ」

女の子は、それからロジャーのほうにむいて、いった。

「あなたのお名まえ、ぴったしだわ。ただ、ドがはじめのほうにくるか、まん中にきてオールドノーとなるかで、ちがうだけよ。あたし、スーザンというの。さあ、そばにすわってちょうだい。あなた、トーリーを知ってる？　あたしはさっき、トーリーだと思ったのよ」

「トーリーって子も、ほかの人たちの仲間ですか？　ぼくはまだ知りませんけど。きみは、リネットを知ってる？」

「あらもちろんよ！　よく笑い声を聞くわ。リネットは、ここがすきなのよ。だから、けっして行ってしまわない。トーリーも、リネットを知ってるわ。それに、トービーやアレクサンダーとも知りあいよ」

黒人の少年がいった。

「ぼく、フェステ、知っている。ジェイコブ、生きものたち、よくわかる。フェステ、偉大《いだい》な聖なる神の霊《れい》の馬」

ロジャーは笑った。

「そのとおりだ」

それから、またいった。

「ぼく、トーリーに会いたいな。トーリーも、ここにすんでいるの？」

スーザンがいった。

「みんなここにすんでいるのよ。ただ、とてもあてにならないの。雨のしずくが、あなたの顔に当たるか、当たらないか、といったようなものよ。運しだいなのね」

「なくなっちゃったってことは、トービーやみんなにとって、どうでもいいことなのかしら？」

「なくなっちゃったって、なにが？」

「みんながすんできた家のことさ」

「でも、なくなってなんかいないじゃないの。なくなってなんかいないわ。かくれているだけ。

あたしの目が見えたらなあ。でも、さわってみてもわかるわ。家は中にはいっているのよ」

ジェイコブが説明を加《くわ》えた。

「おじょうさん、なにも見えない。でも、たくさんのこと、知ってる」

それで、ロジャーはもういちど、スーザンのほうを見た。この子の目が見えないことがわかった。

「枝、おしのけて、見るといい」

ロジャーは、ジェイコブのいうとおりにしてみた。すると、ここからは、建物のうしろ側が見えた。高く赤いやしきのために小さくは見えるけれども、ロジャーの石の家の正面の破風《はふ》が、大型《おおがた》のベランダのように、外へつき出していた。あのノルマンの窓も、石の階段《かいだん》も、二階の入り口も、風雨にさらされてはいたが、まだしっかりとついていた。入り口のわきには、聖クリストファー像が立っていて、ほとんどお石さまぐらいに古びて見えた。ロジャーが見つけたときのお石さまのように、ツタとボタンヅルになかばおおわれていた。あの別《べつ》の時間では、まだできあがっていなかった聖クリストファーさまの像だ。歳月《さいげつ》にたえてきたこれらのものが、じぶんにとってどんなにうれしいものであるかがわかって、ロジャーの目には涙《なみだ》がいっぱいあふれてきた。

家をながめながら、ロジャーは、なにがどうなったのか、じっくり考えようとした。あのものすごく堅固《けんご》な壁の残りの部分は、とりこわすことができたのだろうか？　それとも、壁を内側に残したまま、あのうすっぺらな赤いものを、外側のカーテンとして建てたのかしら？　ロジャーは、階段をかけのぼって、じぶんの館をのぞいてみたい気持ちでいっぱいだった。のぞいていけないことがあるものか。しかし、足をふみ出したとき、スーザンがさけんだ。

「見えた？」

スーザンの声はすこし悲しそうだった。スーザン自身は、けっして見ることができないのだ。

「うん。だれかが、いちばん上の窓から見張《みは》ってるよ」

「きっと、キャクストンだわ。あの人には、あなたが見えないはずよ。あの人は、ほかの人たちが見えないの。ママは古い家がおきらいよ。いつもパパに、こわしてしまってくださいと、せきたててるの。ママったら、パパは流行おくれの大建築《だいけんちく》にかぶれてるんですって。ほら、いま、大建築がすごくはやってるんだけど、はやってるのは、ノルマン式じゃなくて、ゴシック式っていう建築なの。

それはそうとして、あたしたちの家、くずれたチャペルがあるのよ。ママは、ノルマンの家は野蛮《やばん》な時代の遺物《いぶつ》で、お客さまがいらっしゃるたびにはずかしい思いをする、とおっしゃるわ。でも、パパはおすきなの。そしてチャペルを、とても大事にしてらっしゃるわ。あたしもすきなの。それでママは、あたしの遊びべやとして使いなさいって、くださったのよ。あたしの目が見えないから、どんな建築でも関係《かんけい》ないんですって。でも、あたしには、むかしから残ってるところが、まるで生きてるみたいに、よくわかるわ。石の上のお日さまのぬくもりは、木の上のとぜんぜんちがうのよ。古い木の床も、気持ちいいけれど、ね。でも、れんがはなにも手ごたえがないわ。それから、石のへやには、まるでへやが考えごとをしているみたいに、かすかなこだまがあるわ。でも、これを聞くには、おへやにひとりっきりでいなければいけないの」

ロジャーはこたえた。

「ひとりっきりでいたことなんて、まるでないなあ。でも、フラジョレットを吹くと、いつもだれかを待っているようにひびいたっけ。そうだ、アレクサンダーを、かもしれない」

ロジャーは、ブナの枝をもとの場所にもどし、見るのがいやなあの大きな赤い家を、さえぎった。三人の子どもたちは、もういちど、キジの色をした木の葉の心地よいドームの中に、つつみこまれた。

ロジャーがいった。

「ここ、ぼくたちみんなが会うのにいちばんぴったしの場所じゃない？」

スーザンは、まわりにひろく円をえがいた木のささやき声に耳をかたむけながら、いった。

「そうね。パーティーだってできるわ。みんなをどうやって招待《しょうたい》すればよいか、わかりさえすればね。ジェイコブは、ほかのことなら、なんでもすばらしくじょうずなの。ジェイコブでも、フェステと、トービーの鹿《しか》と、トーリーの犬のオーランドを、よびあつめることはできるけど、ほかの人たちについては、無理だと思うわ。ジェイコブは、ここで生まれた子じゃないから、しようがないのよ。でも、トーリーといっしょに、海の歌をうたったりするのよ。時には、小鳥たちのように、べつべつの木のてっぺんからよびかけあったりもするの。アレクサンダーも、小鳥たちとお話ができるわ。美しいナイチンゲールの声も出すの。それを聞いてると、アレクサンダーかどうか、わからなくなるくらいよ。鳥の声がまじってるんじゃないかと、思いたくなることもあるわ。鳥って、大むかしから、そうやって、あたしたちにおなじことを語りつづけてきたのね」

人のちかづいてくる足音と、話し声がした。そして、どこかで、庭師《にわし》が不意《ふい》にせっせとはたらきだした。男の人のひくくあわれっぽい声と、それにこたえる、軽はずみで、あまやかすようで、しかもひえびえとした調子の、クックと笑う声とが、ロジャーの耳にはいってきた。

スーザンがいった。

「あれがママよ。ママは、なにもかもだめにしてしまうの」

ロジャーは、もうなんどか経験《けいけん》した、あの頭がくらくらする感じにおそわれて、腰をおろした――お石さまの上に、両手で頭をかかえて。だが、髪の毛の中で、キジの羽のような木の葉がひっかかった。ロジャーは、それを物入れ袋《ぶくろ》の中にしまった。リネットのサクラソウはもうとっくに色あせてしまっていたが、ヴァイキングは、トービーのリボンをまだ馬具につけたままだった。

家にむかって、早足で馬をかけさせているあいだ、考えることがたくさんあった。ロジャーは、館がなにかの戦争で敵に攻《せ》められたり、かみなりにうたれて焼《や》けおちてしまうことは、想《そう》像《ぞう》したことがあった。でも、なにか目新しいものがほしいだけの見栄《みえ》っぱりの女の人によっておびやかされるなんて、思ってもみなかった。もちろん、ロジャーの家は新しい。まさにいちばん新しいものだ。でも、あの泥を焼いたかたまりでつくったお城とちがって、いつまでもつづくはずのものだった。あのお城は、ガラスの窓こそあったけれども、それでは敵《てき》に対する守りになりはしない。でもまた、おろかな女に対する守りにもならないのだ。あの女の人は、じぶんのほしいものを手に入れるまで、すき勝手にしつづけるにちがいない。

これは、気のめいる考えだった。家につくと、ロジャーは、一階の物置《ものお》きべやにはいっていき、じぶんが幸運《こううん》のしるしを刻《きざ》んだ木の柱を見つめた。あともう五本の柱があったので、それにもぜんぶおなじしるしを刻みこんだ。一本ごとに、じょうずになっていった。ロジャーは、オラフから聞いて、天国の木はイグドラシルという名のトネリコの木だということを知っていた。この家の木はみなカシだったが、ロジャーはこのしるしにききめがあることを願《ねが》った。二階の石細工《いしざいく》にも聖なるしるしがあることを思い出すと、すこしなぐさめられた。結局《けっきょく》、この家も、一部分がかくされはしても、あんな遠い時代にまだ存在《そんざい》しているのだから。

ロジャーは、おばあさんをさがしに行った。おばあさんは、いちばん話しやすい人だった。もうじゅうぶんに年をとったので、じぶん自身の願いごとや情熱《じょうねつ》は、持っていないようだった。ほかの人がいらだったりおこったりしても、おばあさんは笑って、「つまらないさわぎだこと！」というだけだった。そしてじぶんにうちあけられた話を、人にもらすことはけっしてなかった。

おばあさんは、夕ぐれ間近の太陽の光をあびて、窓辺《まどべ》のいす席《せき》にすわっていた。ロジャーは、おばあさんのひざの上にひじをついて、よりかかった。

「なにをなやんでいるの、わたしの孫《まご》や？」

「おろかな女には、どうしたらいいの？」

「なんておとなじみた質問だこと！　おろかな女と結婚《けっこん》しようなんて考えているんじゃないでしょうね？」

「ぼく、そんなつもりないよ。でも、とても物のわかった人たちでも、そうするみたいね。そして、女の人はなにもかもだめにしてしまうことがあるんだ。たとえば、この家とか」

「おまえが結婚するときは、わたしに相談しなければいけませんよ。おろかな女とは、結婚させませんからね。そうすれば、この家もだいじょうぶでしょ」

「でもね、おばあちゃん、ぼくのあとにも、ずっとたくさん、時がつづくでしょう」

「そうね、あなたのあとにも、そしてまえにもね」

ロジャーは、急にことがらがわかってきて、おばあさんを見た。

「おばあちゃんの時間は、ぜんぶまえだね。おばあちゃん、子どもがおおぜいいたんでしょ？」

「十二人ね。でもそのうち七人が、大きく成長《せいちょう》しただけよ」

「ほかの子たちは、どこにいると思う？」

「おや、もちろん、わたしといっしょにいますよ。ほかのどこに、小さな愛《いと》し子《ご》たちがいるというの？　あの子たちは、ほかのどこも知らないのよ」

「天国はどう？」

「天国に行っても、わたしを待っててくれるわ。わたしたちは、みんないっしょなのよ」

「その子たちに会うことがある？」

「いいえ。聞こえるのよ。そして夜には、とてもやわらかい髪をしたあたたかな頭が、わたしの肩にふれるのを感じることがあるのよ」

ロジャーは、おばあさんにキスをし、すべてのことが本当にとても自然《しぜん》なのだと思いながら、立ち去った。

ロジャーは、新しい目で、円形になった堀を見なおした。両岸の木を切りはらって、敵が姿をかくすことができないようにし、おまけに柵をじゅうぶんにめぐらしてあった。その内側のひろい場所に、この新しい家のほか、サクソン館、台所、乳《ちち》しぼり場、納屋《なや》、中庭、ポンプつきの井戸《いど》、大工の作業場、さまざまな小屋などがあった。それは領地《りょうち》のせわしい生活の心臓《しんぞう》部分で、敵に侵略《しんりゃく》された場合には、そこだけで生きていかれるようになっていた。おかあさんやねえさんたちが、晴れた日にすわる、垣根《かきね》でかこんだ場所もあったが、たいそう小さなものだった。こういうもののかわりに、木がうっそうとしげり、花のかおりがたれこめ、そのまん中に、思いもかけない夢の木がそびえている、そういうのんびりした生活の心臓部分に、この家がなってしまうなんて、なんともきみょうな気がした。

さしあたって、問題は、トーリーをどうやってさがすかということだった。七百年先のいったいどこに、トーリーをさがしたらいいのかしら？　いや、ひょっとすれば、まだもっと先の未来にいるのかもしれない。トーリーのことを思いつづけながら、ロジャーはテーブルで給仕《きゅうじ》をしていた。礼儀《れいぎ》にかなうやり方で、片《かた》ひざついて体を落とし、手をあらう水のはいった鉢《はち》や、切り分けた肉を、まず最初におとうさんにささげるのだ。礼儀の点では、ロジャーは婦人《ふじん》たちにひざまずく必要《ひつよう》はなかったが、今日はおばあさんに対してそうした。オズモンドはロジャーにだまってほほえみかけたが、ねえさんたちは笑っていった。

「ロジャーはいったいどうしたのかしら？　今日はたいそううやうやしくすること」

「ねえさんたちにはしませんよ」

ロジャーはそうこたえると、おかあさんをぬかしてしまわないように、そのまえでも上品にひざまずいた。ねえさんたちには、つめたくつっけんどんにお皿をさし出し、そのあとからひどく上品なかっこうで歩き去ったので、みんなが大笑いした。

夕食後、桃《もも》の色をした大きな秋の月があがり、家の外では、ヤマツバメが夕方の蚊《か》をめがけてとびかかりながら、高い声をあげていた。その声が、まがったいなずまのように窓をとおりすぎていくのにあわせ、ロジャーはフラジョレットを吹いて、注意深く耳をかたむけた。石の壁が、その音をうけとめて、そうだ、そうだ、とでもいうように、ひびきかえしているようだった。

「アレクサンダー、ぼくが聞こえる?」と、ロジャーはしずかに、しかしせがむように、聞いた。

だが、館の中では、どっと大笑いが起こった。だれもかれもがしゃべっていた。小姓たちはおはじきをしていた。はじき石が盤《ばん》から盤へとうごくにつれて、上等な「赤いしまのはじき石」もこきざみにはねながら木の床を走る。壁はその音もうけとめていた。ジェイコブは、スーザンとおはじきができるかしら? するんなら、やはりこのへやでだろうな。だったら、どうしてまだここに立ちよらないんだろう? でも、耳でおはじきができるのかしら? ジェイコブが、スーザンのねらわなければならない石を、コツコツたたいてやれば、できるかもしれないな。スーザンの耳は、とてもするどいもの。

「スーザン、ぼくが聞こえる?」

だれかが、「もちろん」ってこたえたようだけど――?

13 森の奥

お石さまは、どんな少年でも、いなかを歩きまわっていれば必《かなら》ず見つけるような石であった。それでロジャーも見つけたし、オールドノウの家の子どもたちも見つけたのだ。でも、ジェイコブはめったにスーザンから離《はな》れることがないから、まだお石さまを見つけていないのだろうな、とロジャーは思った。たぶん、トーリーはもう見つけただろう。ロジャーは、じぶんの運だめしをしてみるため、ワチェットを連《つ》れて出かけた。

風の強い、荒《あ》れた日だった。空には無数《むすう》の鳥がいっぱいにあつまり、どこへともなく飛《と》び去《さ》ろうとしていた。黒い雲のようになって、野原の上にうずを巻《ま》き、あちら、こちらと、風に吹《ふ》きまくられていた。森の上に飛ぶミヤマガラスは、氷の上をすべる男の子たちのように、風とたわむれていた。急に飛びおりたかと思うと、またよたよた飛びあがりながら、よびあったり、けんかしあったりしていた。たくさんの野バトが、麦刈《むぎか》りのすんだ畑で食べものをあさり、数ひきの若《わか》いキツネが、ごちそうにありつきたいとばかりに、それを見守っていた。

空では、雲が競争《きょうそう》をし、太陽が見えかくれし、タカがぐるぐる飛びまわって、たいへんなさわぎだったので、お石さまのところに行こうと丘《おか》をのぼっていったとき、ロジャーの頭はぼんやりしてしまっていた。ワチェットは、いつものように、なにかいるかと思って、ウサギの穴《あな》に突進《とっしん》していった。そして、毛がざらざらで、小さなしっぽをつけ、黒色と白色のまじった体をした生きものが、うしろむきに出てきたとき、どぎまぎし、しっぽをふりながら、あとずさりした。土にまみれた、ひげづらの小さな顔が、くるっとふりむいてワチェットを見つめ、ひと声ほえたが、また穴の中にはいっていった。ロジャーがまだ見たこともない種類《しゅるい》の犬だった。それを犬だと思ったのは、どう見ても犬だったし、犬のような仕草をしたからである。驚《おどろ》いたことに、ワチェットはとびかかっていかず、くんくんにおいをかいで、しっぽをふった。

「それ、オーランドだよ」という声がした。

ロジャーがふりむくと、王妃石《おうひいし》から、少年がたったいま立ちあがってくるのが見えた。青いリンネルのような布《ぬの》の、ピッタリしたズボンをはいていたが、とても色あせていて、さまざまな色のつぎがしてあった。それから、腰《こし》までしかおおわない、ばかげて短いウールの上着を着、サンダルをはいていた。その服はじつのところじぶんのとてもよく似《に》ていたが、ロジャーの目には、たいそう粗末《そまつ》で、切りつめたものに見えた。

「きみ、きこりたちといっしょなの？」とロジャーは聞いた。

「ちがうよ。ぼくはあっちのほうの家からきたのさ」

少年は、グリーン・ノウのほうを指さしながらこたえた。そして聞いた。

「きみはどこにすんでいるの？」

ロジャーは、にっこり顔じゅうに笑《え》みをうかべた。

「あててごらん」

「ロンドンかい？　ロンドンでないとしたら、どこでそんなにすばらしい服を手に入れられるか、わからないもの。ちょっと革《かわ》ベルトを見てごらん！　すごいよ」

「これは、ここで、馬具職人《しょくにん》がつくったんだよ。そしてバックルは、オラフ・オラフソンがつくったのさ」

「かっこいいよ！　ぼくもほしいな」

少年は、このうえない親しみをこめて笑《わら》いながらいった。風で声が消されないように、ふたりは大声で話さなければならなかった。

「ぼくたち、この森にはいってもいいのかしら？　マナーからは、見えないところだからね。こんな場所があるなんて、知らなかったよ。ちかくには、ぜんぜん道がないと思うよ。ものすごく人目につかなくて、秘密《ひみつ》の場所みたいだ。グリム童話に出てくるなにかみたいだよ。人が足をふみいれたことも、たがやしたこともないところさ」

「たがやしたことだって！　そんなこと、もちろんなしさ！　みんながこわがっている土地なんだよ。ブタ番たちは、すこしはいりこむし、きこりたちの仕事用の小道もあるけど、それを見失《みうしな》ったら、もう最後《さいご》さ。お日さまを目じるしにできればいいけど、それもまずだめだしね。おまけに、オオカミだけじゃない、殺人者《さつじんしゃ》や無法者《むほうもの》たちの群《む》れが、よくかくれているんだ。だから、ぼくたち、外べりよりむこうにはけっして行かないんだよ」

「でも、いまはまっ昼間だよ。いっしょにとおりぬけられないの？　どんなところに出るか、知らないのかい？」

「どこにも出ないんだ。どこまでもつづいているのさ。悪魔《あくま》が出るところなんだぜ」

「ばかいえ！　イギリスにそんな森なんてあるものか」

ロジャーは笑って、こういった。

「きみは本当のところ、いまどこにいるかわかっていないんだよ。ごらんよ。こんな葉を、いままで見たことがある？」

ロジャーは、あのキジの羽のような葉をとり出した。

「おや、それ、もちろん見たことあるよ。ぼくの家の庭に、ブナの木が一本あるんだ。すばらしいよ。イギリスじゅうでいちばんりっぱだっていわれてるんだ」

「この葉は、その木のなんだよ。きのう、ぼくはそこにいたんだ――きのうっていうのは、ぴったり正しい言い方じゃないけど」

「きのうは、ぼく、きみに会わなかったよ」

「ぼくたちは、おなじ時間にいあわせたわけじゃないんだ。きみは、もちろん、トーリーだね。ぼくはロジャーだよ。さあ、いいかい。きみは、そこのあの石にすわっていたね。そこにすわるときは、とても気をつけなくてはいけない。きみはなにを願《ねが》っていたの？」

「ぼくは、マナーにすんだ最初《さいしょ》の男の子に会いたい、って願ってたんだ。いまから八百五十年ほどまえの子だろうと思うんだけどね」

「それがぼく、ロジャー・ドルノーなんだよ。そして、たまたま、ぼくのほうもきみをさがしていたところなんだよ」

「きみのはずないよ。きみはまったく、いまみたいだもの」

「いまさ、とにかくぼくにとっては」

ふたりは、顔を見あわせて笑った。ふたりとも、じっさい、とてもよく似ていた。

ロジャーはくりかえした。

「ロジャー・ドルノーだよ。新しくできたばかりのマナー館にすんでいる。きみのほうはいったいどこの時間にすんでいるか教えてくれたから、明日、ぼくはブナの木の下に、きみをさがしに行くよ。ぼくたちには、いつも、じれったいくらい、短い時間しかないんでね。きみは証《しょう》拠《こ》がいるんだね」

「きみのいうこと、よくわからないよ。なんの証拠なの？」

「森のさ。さあ、はいっていってみよう。小川についていけば、帰り道もわかるさ。たくさんの子どもがはいっていって、二度と出てこないんだけどね」

ロジャーが先に立っていった。葉は紅《くれない》に色づいていたが、まだ落葉はほとんどはじまっていなかった。風にのって逃《に》げた葉は、ひどくひきさかれ、木に残《のこ》っている葉は、騎《き》士《し》の槍《やり》の先の小さな三角旗《さんかくき》のように、バタバタゆれていた。樹木《じゅもく》はしだいにたくさんよりあつまり、間もなく、文字どおりの森になった。小さな川には、きらめきがなくなり、暗闇《くらやみ》の中を、どんよりと流れていた。木の幹《みき》はひしめきあい、枝《えだ》はからまり、組みあっていた。大地は、なん世紀《せいき》ものあいだ落ちてたまった木の葉でやわらかく、森の外では陽気にあらあらしく吹いている風も、しめった土の豊《ゆた》かなにおいを、そよともうごかさなかった。いま少年たちをつつみこんでいる、はてしない生長と腐敗《ふはい》の営《いとな》みのにおいだ。そして風が吹きとおっているところでは、木のてっぺんから、よせ波のような音が聞こえてきたが、それはちょうど室内で聞く戸外のざわめきに似ていた。幹と幹とのあいだには、しずけさが、考えうるかぎり深く、ひろく、いちめんにひろがっているようだった。その幹は、少年たちがどちらを見ても、立ちならび、水平線をさえぎっていた。ところどころに、大きな木を中心にした小さなくぼみがあり、きれぎれの光が、葉のあいだからふりそそいでいた。そういったあき地は、おぼえておくことができたが、さっきどちらにむかってとおったかはわからなくなってしまったので、役に立つ目じるしとはならなかった。

秋だったから、鳥の歌声はなかった。しかし、若いフクロウのうす気味悪い鳴き声や、目に見えない生きものたちの、カサカサいう音がしていた。ひとりぼっちで、しずまりかえって、ひそやかに生き、この世のものでない力をつかんだ感じ（というのは、樹木も生きていて、しずかで、根深く、力強い生命を持っているから）、じぶんが、そこにこの世のはじめからずっといるのだといった感じ——そういう感じが深くせまってきて、この森がやがてはなくなってしまうことを知っているロジャーは、心がはげしくいたんだ。ここに、なにものにも負けることのない森があり、じぶんはこの森をおそれ尊《とうと》びながら育ってきた。そういったことを、いま全身で感じて、ロジャーは、それがなくなってしまうなんて、どうにも信《しん》じられなかった。森は、そのいちばん大切な力は、いつまでも生きるべきものなのだ。それなのに、この森はやがてなくなってしまい、おとうさんの家は、おとなりのこのとほうもなくすばらしい世界をうばいとられて、建《た》ちつづけるのだ。

ロジャーはまたくりかえした。

「きみは証拠がいるんだ。ちょっと待ってよね」

小川は、知らぬ間に、草やシダにおおわれてほとんど見えないほど小さくなっていた。トーリーがそのそばにすわると、ワチェットとオーランドは、ミズネズミのにおいをかぎながら、水の中を歩きまわった。そのあいだに、ロジャーはイチイの木の枝を、一本切り落とした。皮をむくと、バラ色がかったピンク色の中身があらわれた。少年は、それをすこしずつけずって、大きなメダルの形にととのえ、じぶんのナイフにあるのとおなじトネリコの実の模様《もよう》を彫《ほ》った。そしてトーリーにわたしながら、いった。

「穴をあけて、首かざりにできるよ。お守りだ」

トーリーは、驚いたり感心したりしながら、指でいじっていたが、そのとき、どこだかわからない遠くのほうで、人間のとはちがうかん高い鳴き声が、空にひびいた。ワチェットは、全身の毛をさか立て、体をこわばらせた。

「うへっ！　あれ、なんなの？」オーランドをだきあげながら、トーリーがいった。

「若いオオカミだ。いまが、あいつらの出てくる季節《きせつ》なんだよ。年とったオオカミがやることはだいたい想像《そうぞう》つくけど、若いやつは、油断《ゆだん》ができない。もどったほうがいいね。お日さまも、もうほとんどしずんだろうし」

トーリーが雄々《おお》しくいった。

「ぼく、ナイフを持ってるよ。きみのほどよくは切れないけど。オオカミはどれぐらい遠くにいたと思う？」

「なんともいえない。それに、やつらは足が早いよ。でも、ぼくたちにはワチェットがいる。ワチェットはしっかりしているよ」

少年たちは、二ひきの犬をすぐあとにしたがえ、かけ足で出発した。ときどき立ちどまって息をつき、あのゆうれいのような声がまだ遠くに聞こえるように願いながら、耳をかたむけたが、なんの音も聞こえなかった。オオカミはどこにでもいそうだし、一ぴきだけではないかもしれない。

トーリーが、あえぎながらいった。

「きみのいうことの意味がわかったよ。小川がなかったら、どっちへ行ったらいいか、手がかりがなかっただろうな。行こう」

トーリーがつまずきながらすすむと、その足もとのワラビのやぶから、大きなずうたいのものがひとつ、とび出してきた。待ちぶせていたオオカミではなく、鹿《しか》がとんでいったのだった。

ロジャーがいった。

「ありがたい。あれは、ぼくらよりもっとオオカミのお気に入りだろうね。オオカミどもには、あいつを追いかけさせよう」

鹿は王さまの持ちものだったので、ワチェットにはあとを追わないように訓練《くんれん》してあったが、オーランドはわめき声をあげながら、くるったように森をかけていった。

「オーランドをおいていかなくちゃならない。なにがなんでも食べられちまうつもりなんだもの」

「ぼくはおいていけないよ」

トーリーは、ポケットから小さな金属《きんぞく》をとり出して、吹きだした。音は出なかったが、遠くからオーランドが息せききってもどってきた。舌《した》が二倍にも長くたれさがっていた。ロジャーは度肝《どぎも》をぬかれてしまった。

「きみのそれ、なんなの？」

「笛さ。人間には聞こえないけれど、犬には聞こえる音を出すんだ」

「だれがきみにつくってくれたの？」ロジャーは、オラフ・オラフソンとその魔法《まほう》を思いうかべながら、聞いた。

「ううん、だれでもない。どこでも売ってるものだよ。この小さなおばかさんは、かかえていったほうがいいな」

トーリーはオーランドをだきあげ、また出発した。あかりは急速にうすれていった。むらがって立つ木の幹は、ブドウのように、ほこりっぽい紫《むらさき》がかったみどり色をしていた。森は、ときどき、いま目ざめたとでもいうような、大きなため息をついた。昼間の生きものが隠《かく》れ家《が》にはいり、夜の生きものが出てきて、カサカサいう音がますます高まった。

トーリーがいった。

「外に出たら、うれしいだろうな。ここでは、人間は歓迎《かんげい》されていないようだね。望《のぞ》まれてもいない。まるで、人間はまだ生まれてもいないみたいだ。ありがたい、幹と幹のあいだに空が見えるよ」

少年たちが森のはしにちかづくと、むこうから、ひどくさわがしい音が聞こえてきた。それ

から、ブタの群れが、けもの道へ走りこんできた。三人のブタ番の若者と、犬が、そのあとを追っている。ロジャーは、若者たちに手をふった。顔見知りだった。このれんちゅうは、修《しゅう》道院《どういん》からやってきて、またそちらのほうへ帰っていくところで、キーキーわめくブタを先頭にして、去っていった。

間もなく、ロジャーとトーリーが森から出かかると、一列につらなった六ぴきのキツネが、ふたりの前方の木立《こだち》を早足で走りぬけ、ひろい野原へと出ていった。

「おーい、おーい」

ワチェットとオーランドが、キツネのあとを追ってとんでいったとき、ロジャーはさけんだ。

「トーリー、お石さまのところまであがろう。あそこからなら、追いかけっこが見られるよ。なんキロメートルも、ずっと見わたせるんだ」

少年たちは、板をわたり、坂をかけあがった。さんざん心配したあとでほっとして、つかれてはいたが、胸《むね》がわくわくしていた。トーリーは王妃石にすわって見ていたが、ロジャーはよどんだ森の空気をすったあと、軽やかにはしゃぐ風にふれて、うき立っていた。ちょうど、太陽のまっ赤なふちが消えていくところだった。ピンク色の雲をわたって、無数の小鳥がねぐらにむかっていた。ムクドリのまっ黒い群れは煙《けむり》のようにうずを巻き、アオサギはゆっくりはばたき、なん百ものミヤマガラスは、わかれわかれに飛びながらたがいによびあい、ヒワの大群《たいぐん》は、ただの羽のように風に吹きちらされながら、それでもどうやらひとつにまとまり、ハトの群れは、整然《せいぜん》とならび、調子をあわせてはばたいていた。家路をたどるものの、すばらしい行列だった。

ロジャーは、立ったままで追跡《ついせき》を見ていた。キツネはちりぢりになって逃げ、二ひきの犬は、あっちを追ったり、こっちを追ったりして、くるったように野原を走りまわっていた。ロジャーはよい目をしていたので、ひょうきんな黒と白の興奮《こうふん》のかたまりといったオーランドを、たやすく目で追うことができたが、やがて、ワチェットだけがまだ追いかけていることに気づいた。オーランドはどこにも見えなかった。

「きみの魔法の笛を吹いてよ」

ロジャーはそういって、トーリーのほうをふりかえった。そこにもだれもいなかった。

お石さまだけが、太陽の長い手で、ほんのしばらくのあいだ、真紅《しんく》に染《そ》まって立っていた。このあとで、すべての色が消え失《き》《う》せるのだ。それから、お石さまたちは、あのふしぎな、奥深《おくぶか》い、夕ぐれの表情《ひょうじょう》をうかべるのだった。

14　悪い夢

家では、エレノア夫人《ふじん》がリンネルのたくわえを調べ、冬のあいだになにを織《お》らなければいけないかをたしかめていた。ロジャーがはいっていくと、にっこり笑《わら》った。

「あきれたさすらい人になりましたね」

ロジャーはおかあさんの手にキスをした。

「でも、いつも家に帰ってきますよ。いつもです」

ロジャーは壁《かべ》にもたれ、両手で石をなでた。

「そしてこの石も、いつもここにあるんだ。どこかに、ドルノー家の紋章《もんしょう》を彫《ほ》ってほしいんだけどなあ。父上に話して、暖炉《だんろ》の上に彫っていただけるようにできない？」

おかあさんはいった。

「すてきに見えるでしょうね。でも、聖《せい》クリストファーさまの像《ぞう》も、まだできあがっていないのよ。彫刻師《ちょうこくし》がここにいるあいだに、お父上に話してみましょう」

「どうしてかっていうと、この家には長い未来《みらい》があるから、ぼくの名まえを残《のこ》しておきたいの」

「あなたの名まえですって！　あなたひとりだけではないでしょう」

「わかっていますよ。でも、このこと、ぼくがいちばん気にかけているように思えるもの」

暖炉のそばから、おばあさんがいった。

「ぼうや。ものごとは、こわれたり、なくなったりするものなんだよ。りっぱな家でもね」

「でも、この家はちがうよ」

だがこういったとたんに、ロジャーは、じぶんがちょっとのあいだ、家がまったくなくなってしまうと思ったときのことを思い出して、つけ加《くわ》えた。

「かくれてしまうことがあるかもしれないけれど」

エレノア夫人はいった。

「まあ、くだらないこと！」

だが、おばあさんは同意した。

「そうなることもありえますよ。もしだれかが、もっと大きなものをまわりに建《た》てたらね」

「どうしてそれがわかったの？」と、ロジャーはつい聞いてしまった。

「そういうことがあるのですよ。小鳥の巣《す》にさえね。とりわけ、お城《しろ》にはそうよ」

「この家は、小鳥の巣でも、お城でもないよ」

ロジャーは頑固《がんこ》にいいはった。だが、トーリーがどんな家にすんでいるか、不安《ふあん》な気になった。もしスーザンのおそろしいおかあさんが、思いどおりにしてしまったら？　思いきって、行って見てみようかしら？　もし家がなかったら、心臓《しんぞう》がとまってしまうだろう、と思えた。


もちろん、ロジャーは行かなければならなかった。トーリーが八百五十年さかのぼってきてくれたからには、ロジャーは八百五十年先にくだっていかなければならない。いままで未来のずっと先まで行ったが、そのつど、たがやされている土地が多くなり、新しい建築《けんちく》や衣服《いふく》がでてきてはいたけれども、ロジャーにとって、まったくわけのわからないもの、まったく理解《りかい》のできないものは、なかった。中庭では、木のハンドルが鉄のにとりかえてはあったけれども、古い井戸《いど》がまだ使われていた。畑では、男たちが、やはり鎌《かま》で刈《か》っているのが見えた。雄牛《おうし》のかわりに屈強《くっきょう》な馬がたがやしているのを見て、驚《おどろ》いたことはたしかだ。しかし、旅をするのに、人々は馬に乗ったり、歩いたりしており、これはぜんぜん驚くべきことではなかった。それに、あいかわらず、斧《おの》で木を切りたおしてもいる。ロジャーがとてもおもしろかったのは、それまで聞いてはいたけれども見たことがなかった、馬にひかれて軽やかに走る乗りものだった。それから、トーリーがとてもじぶんに似《に》ていて、じぶんをおなじ時代の子どもとまちがえたことも、気強かった。それで、また未来に乗り出していって、ブナの木の下で会う約束《やくそく》を守ることにも、心配はいらなかった。

お石さまから立ちあがったとき、まず気づいたのは、かびくさい、よどんだ空気だった。ロジャーの知らないにおいが、立ちこめていた。ロジャーは敏感《びんかん》な鼻をしており、それが、気をつけなさいという警報《けいほう》を出していた。あのなんともいえないかおりに満《み》ちていた森は、もちろんもうなくなっていた。いまでは、ロジャーのいるところから原っぱをほんの二つ三つへだてたあたりまで、たくさんの家があつまっていた。

ロジャーは、どうにも信《しん》じられなくて、いそいで顔をそむけた。目のまえには、川と、じぶんの土地がひらけていた。川の両側《りょうがわ》のひろい牧場《まきば》は、そっくりもとのままだったが、そのむこうには、また家があった。町の中でのように、せまくせわしい通りにごたごたあつまっているわけではなく、またケンブリッジでのように、無数《むすう》の薪《たきぎ》の火ですすけてはいなかったけれども、いたるところに、ぜいたくなかっこうで、一軒《けん》ずつちらばっている。しかもほとんどの家には、煙突《えんとつ》もなければ、屋根の空気穴《くうきあな》もなかった。ロジャーは頭がふらふらした。ここにいる人たちは、どこからやってきて、なんで暮《く》らしを立てているのかしら？　これだけの人々に、土地はどうやって食べものを生み出しているのかしら？　煙突がないのも当然《とうぜん》だ。森がなかったら、なにも燃《も》すものがないのだから。

グリーン・ノウへの道は、いまでも牧場と切《き》り株畑《かぶばたけ》をよこぎっていたが、修道院《しゅうどういん》へのけもの道は、なにか大切な道になっているように見えた。道路の上は、のっぺりしてなにもなかった。ぴかぴかした表面は、荷車や牛にはよくても、馬にはぜんぜんむいていなかったから、ロジャーはうれしくなかった。そんな道を、ヴァイキングに乗って行く気はしなかった。そこで、道をよこぎって、ふたたび野原に出、川のほうへすすんだ。

しばらく行くうちに、なぜこんなわびしい気持ちになるのかしらと考えはじめ、ついに、牛を見たほかは、一ぴきの動物も、ほとんど一羽の鳥も、見ていないことに気がついた。馬も、ロバも、ウサギも、野ウサギも、いない。ロジャーの足もとからキジが飛《と》び立《た》つこともなければ、キツネがえさをあさり歩くことも、セキレイが走りまわることもなく、川のアヒルも、アオサギも、アザミの上を飛ぶヒワの群《む》れも、ずんぐりしたマルハナバチも、チョウチョウもいない。だから、大気がまるでこの世のものとは思えないほど、よどんでしずまりかえってしまっている――ウサギがピョンピョンとぶ音も、小さな羽がブンブン鳴り、大きな翼《つばさ》がパタパタはばたく音も、アヒルがガーガー鳴きながら水をはねる音も、アオサギのするどいさけび声も、リネットのブレスレットが鳴るようなヒワのかぼそい音も、マルハナバチのいばりちらすようなうなり声も、耳もとをすぎるときのチョウチョウの羽がやさしくうちあう音も、聞こえない。ときどき、ミヤマガラスが、空を飛びながら物悲しげにひとりごとをいうだけだ。それから、川には、白鳥が二羽と、バンが一羽、畑には、数羽のムクドリがいるだけだった。

世界はほとんど死んだように見えた。おそろしい疫病《えきびょう》がはやって、世の中に満ちていた美しいものを、殺《ころ》してしまったのだろうか？

なぜなら、ノボロギクのほかは、野生の花もぜんぜん生えていない。イグサや、キョウチクトウや、アヤメ、スイレン、クサレダマ、センノウ、クローバー、三色スミレなどは、どこに行ってしまったのかしら？

ロジャーが、花もなく生命もないふたつの畑のあいだの生垣《いけがき》ぞいに歩いていると、耳をつんざくような悲鳴が聞こえた――いや、聞こえるよりも先に感じられた。そして、ものすごく巨《きょ》大《だい》な鳥がロジャーの頭の上へ飛びあがって、空の中につっこんでいった。ロジャーは肝《きも》をつぶして、フクロウが鳴くとネズミが逃《に》げるときのような本能《ほんのう》で、生垣の下に逃げこみ、はいつくばった。こんなにすごいものがまわりにいるのでは、動物がぜんぜん残っていないのもふしぎではない。それでも、牛たちは驚いて逃げだしたりしなかった。ゆっくり口をうごかしていて、目さえあけない。ロジャーが立ちあがろうとしたとき、あのおそろしいものがまたひとつやってきた。それから、さらにもうふたつ。空は、その騒音《そうおん》でいっぱいになったが、すぐに、その姿《すがた》は見えなくなり、音も聞こえなくなった。

ロジャーは、思いきってもういちど立ちあがり、すすんでいった。恐怖《きょうふ》というよりも、驚きのほうが大きかった。まったくおそろしいものだったが、荘厳《そうごん》で、心をうき立たせる感じもあった。あんまりびっくりすると、しばしばそういう感じになるものだ。形は、ロジャーの知っているどの鳥ともちがって、スピードそのものの形をしている。その力といったら、なんとくらべたらよいか、まったく見当がつかなかった。それから、ヴァイキングのことが心にうかんだ。あいつ、きっとくるったようになって、めちゃくちゃにかけだし、首の骨《ほね》を折《お》ってしまうだろうな。

ロジャーは、野原をどんどん走り、生垣にぶつかるたびに、立ちどまってあたりを見、耳をかたむけた。空中に、何かが脈《みゃく》うっているような、たえずブンブンという音が聞こえ、ロジャーがすすんでいくにつれて、大きくなってきた。ひょっとすると、強い風をうけてまわっている風車の羽の音が、それにいちばんちかかった。さもなければ、水をたくさんうけて水車がまわり、機械《きかい》が回転しているときの音を、水車小屋の中から聞くような感じだった。

新しい橋をとおって、古いわたし場のあったところを越《こ》えると、はじめて、まわりに家がいくつか建っている場所に出たが、よその庭にまよいこんだ犬のように、居心地《いごこち》の悪い気持ちだった。ロジャーの村では、だれもかれもがみな知りあいで、となりの村へ行っても、家のつくりから、その持ち主がどんな人かいい当てることができた。だが、こんな箱のような家に、いったいどんな種類《しゅるい》の人がすんでいるのか、またじぶんをどんなふうにむかえてくれ、じぶんはむこうにどうあいさつしたらいいのか、ロジャーは見当もつかなかった。すんでいるのは、どう見ても、職人《しょくにん》ではないようだった。馬もうまやも見当たらないから、騎士《きし》であるはずもない。しかもなお、おかしなことには、あたりにだれも人がいなかった。

知らぬ間に、ロジャーは、修道院へ行く道の三倍もある大きな道のそばにきていた。なめらかで、銀色で、両はしが見えなくなるまでまっすぐにのびていた。この道に、鹿《しか》が走るよりも早く、矢が飛ぶほどに早く、車輪《しゃりん》に乗った巨大なカブト虫のようなものが、走っていた。ちかづいてくると、コガネムシのようにブンブンうなり、とおりすぎていくときには、ツバメが飛ぶような音をはりあげ、そのあとには、うなり声やくさい煙《けむり》が残った。ロジャーは、生垣にしがみつき、リスのようにのぞいていたが、それはひっきりなしにとおりすぎるし、道路にしがみついてはなれないようすなので、おそろしさはへって、かわりにものめずらしさが強くなり、ついに外に出て、観察《かんさつ》しだした。間もなく、その中に人が乗っていることがわかった。どんな急ぎの用でそんなに早く走っているのかしら？　それとも、どんな危険《きけん》から逃げているところなのかしら？　どの家にも人がいないようすなのは、このせいなのだろうか？　ロジャーがぼうっとして立っていると、ぎらぎらした光をつけ、荷車から落ちる砂利《じゃり》のような音をたてるやつが、すぐそばにギーッととまった。一本の手が、内側から戸をあけて、さしまねいた。ロジャーは、くるりと背《せ》をむけると、命からがら川岸にむかって走りだした。そこなら、悲しいほど変《か》わってしまってはいたが、まだ見おぼえがあり、いくらか安心した気持ちになれた。

ロジャーはすっかりおちつきを失《うしな》って、川の土手ぞいに歩いた。いたるところに、なにかわけのわからないものがちらばっており、ふみつけられて、泥《どろ》の中にめりこんでいた。本の装《そう》飾《しょく》をする人が使う銀ぱくのようにうすくのばされた銀のかけらが、ねじまげてうち捨《す》てられてあったし、肌《はだ》のようにうすく水のように透明《とうめい》だが、革《かわ》のようにかたい小さな四角の物もあった。そういうものには、みな字が書いてあった。ロジャーは、矢にゆわえて送る手紙にちがいない、と思った。金属《きんぞく》のカンもあった。ロジャーは指を切ってしまったけれども、これは役に立ちそうに思えた。かっこいい金属のふたのついたガラスのビンさえ見つけた——すばらしい宝物《たからもの》で、どんなにお金を出しても惜《お》しくないようなめずらしいものだった。おかあさんのいちばんりっぱな宝物は、小さな青い香水《こうすい》ビンだったが、これはそれよりずっと大きかった。ロジャーは、ベルトにつけている袋《ふくろ》の中に、それをしまった。だれもかれもが、みな命からがら逃げて、とちゅうでこういうものを落としていくのだろうか？　道のわきには、大きな黒いつつみがつみあげてあった。

ロジャーはすっかりとほうにくれてしまった。じぶんの知っている土地や生活で、ここに残っているものはなにもなかった。じぶんが誇《ほこ》りにしているあの古い家のかわりになるものは、いったいなにがあるというのか？　まるで、早くさめたい悪夢《あくむ》を見ているようだった。元気を出そうと思って、ロジャーはトーリーのことを考えた。あの子は、ぜんぜんこわがったり心配したりしないで、ぼくを「いま」の人とまちがえていたじゃないか。

ロジャーは、やがて、リネットにはじめて会った小さな森に出た。もうあの竜《りゅう》のようにものすごいカブトムシのうなり声は遠ざかって、小さくなっていた。森はまだあったけれど、ようやくあるというだけだった。二、三本の小さな木と、かつては大きかったニレの木のたおれた幹《みき》がいくつかあるだけに、ちぢこまってしまっていた。それでもロジャーは、なにもかもなくしてしまったけれども、やはりいとおしい古い友だちにするように、森にあいさつした。一方、マナー館のまわりには、たくさんの木が生《は》えていたので、そこが見えるまで、ロジャーは不安をつのらせながら、森のむこうへと歩いていかなければならなかった。が、見えた瞬間《しゅんかん》、はっとして、よろこびのさけびをあげたかった。あの古い家があったのだ――傾斜《けいしゃ》の急なかわらぶきの屋根、高くつくられた破風《はふ》、そして建築中にロジャーがあんなに誇らしく思った石の窓《まど》も、完全《かんぜん》にそなわった家が。

ロジャーは、まるで生まれてこのかた見たことがなかったように、家を見つめた。消えてなくなったのは、あの四角い赤い建物で、大きな窓をつけた壁が、ひとつ残っているだけだった。この窓が、ロジャーのいままで見たことも聞いたこともないような庭を見おろしていた。庭には、王冠《おうかん》や、十字架《じゅうじか》つきの宝珠《ほうじゅ》の形に刈りこまれた木が、たくさん立っていたのだ。ここは、まちがいなく、王さまがおられるところにちがいない。ロジャーは、まだスーザンに、あなたは王女さまですかと聞いたことがなかった。それでも、いまはそうにちがいないと思った。そして、これはじぶんの家であり、たしかにじぶんがいる権利《けんり》のある土地であり、そこにいまじぶんは、じぶんのようにここを愛《あい》し、正しい権利でここにいる人たちに会いにきたのだ。ロジャーは、くるとちゅうで見た悪夢をわすれていた。これがグリーン・ノウなのだ。

15　グリーン・ノウ

　川の土手から小さな門にはいったとたんに、ロジャーの胸《むね》は、野バラと、スイカズラと、イチイの木と、それにあおあおとからみあった植物の、あのむかしながらのあまいかおりでいっぱいになった。あらゆる木で、鳥たちがざわついていた。花壇《かだん》の上には、チョウチョウが散《ち》りゆく花びらのようにひらひらと舞《ま》っていた。空には秋の移住《いじゅう》のためにあつまったツバメが満《み》ちあふれ、興奮《こうふん》してさえずっていた。白や青のさまざまなハトは、木のてっぺんでゆれており、リスは屋根づたいに走って、いちばんちかい枝《えだ》へ無鉄砲《むてっぽう》にとびうつり、アクロバットのようにゆれていた。コマドリはうたい、クロウタドリは気どったり、けんかしたりしていた。

　はさみでやぶを刈《か》りこんでいる年老《としお》いた庭師《にわし》のほかには、あたりにだれもいないようだった。ロジャーは、この庭師が男だと思ったのだが、ちかづいてみると、年とった女の人だった。おや、ほんと、ぼくのおばあさんじゃないかしら？　まったくよく似《に》ている。ただ、半ズボンをはき、エプロンをかけている！

ロジャーはいった。

「おばあさん！　どうやってここにきたの？」

年とった婦人《ふじん》は、笑《わら》いながらこたえた。

「正面の入り口をとおってですよ、おばかさん。あなたはだれのつもりになっているの？　でもトーリーや！　どこでその服を手に入れたの？　がらくた市があったのは知っているけれど、あなたのはロンドンの最上等品《さいじょうとうひん》ね。それから首のまわりの金の首かざりといったら、みごとな複製品《ふくせいひん》だこと。まるで本物の金《きん》のように見えるわ。それにきのう、あなたはふしぎなお守りを持って帰ってきたわね。あなたの留守中《るすちゅう》に、考古学博物館《はくぶつかん》に持っていったら、スカンジナビアのもので、たぶん千年もまえのだといわれたわ。さあて、なにを笑っているの？　いつものあの目つきをして」

「おばあさんは、ぼくのおばあさんではないんですね。トーリーのおばあさんだ。ぼくは、トーリーじゃないんです。ロジャーです」

「おや、おや！　これは驚《おどろ》いた！　でも、あなたが本物のノルマン人だってこと、わたしは信《しん》じますよ。それも、トーリーとうりふたつのね」

ロジャーは、いたずらっぽく、にやっと笑った。

「今日は、それほど本物じゃあないんです。きのうは、本物になる番にあたってたけどね。トーリーは、ブナの木の下にいる？」

「一日じゅういましたよ。どうしてなんだろう、と思ってたのよ。さあ、いそいでいらっしゃい」

ロジャーは、家のわきをまわって行った。小鳥たちが、目のまえを飛《と》びかっていた。二階は変《か》わっていないようすに見えたが、一階には、いちめんに大きな窓《まど》があった。のぞきこむと、むかしのあの物置《ものお》きべやの壁《かべ》が見え、石もしっくいもまえのままで、矢を射《い》るすきまのある窓もあった。ただ、まん中の部分の木の柱がなかった。そのかわりに、二階にあった暖炉《だんろ》よりもさらに大きな暖炉があって、煙突《えんとつ》が、家のまん中をまっすぐつきぬけていた。あざやかな模様《もよう》のついたカーテンと、ベッドのかわりになりそうな、クッションつきの大きないすもあった。一枚《まい》の大きなぶあつい布《ぬの》が、泥《どろ》でできた床《ゆか》だったところをおおっており、その上に、長いテーブルがおかれ、ろうそくがならべてあった。なにかお祝《いわ》いでもするへやのようだった。ロジャーには、トービー、アレクサンダー、リネット、スーザン、トーリーと、それにじぶんがごちそうにむかって腰《こし》をかけ、ジェイコブが小姓《こしょう》になり、おばあさんが上席《じょうせき》にすわった、そんなようすを思いうかべることができた。こういう変化《へんか》なら、悪くない。これはいいや、とロジャーは思った。

この家のうしろ側《がわ》には、大きな木がぐるりと立ちならび、枝は壁にふれんばかりだったが、古い家は、いろいろな建《た》てましをきれいにとりはらって、どうどうと建っていた。外側の階段《かいだん》がなくなっているだけだった。使い古され、もろくなり、ゆがみ、風雨にいためつけられ、おだやかで、ちょうどふたりのおばあさんのようだった。しかも、いまだに、まったくあの家そのものなのだ。ロジャーは思った。

（ああ、ぼくの家。いつまでも生きててよ！）

木の上では、二羽のツグミが、過《す》ぎ去《さ》った夏を思い出し、つぎの年の夏を待ちのぞみながら、いじらしい秋の歌をうたいあっていた。ロジャーは、すっかりおちついた気分で、ブナの枝をおしのけ、木の下にはいっていった。そよ風が吹《ふ》き、木の葉の大テントをうごかしていたので、大地にしなだれている枝と、大地そのものと、そこにいる子どもたちとは、みな、ちらちらうごく光の点の宝石《ほうせき》をちりばめたようだった。トーリーは、オーランドを連《つ》れて、やわらかなツタとコケの上にすわり、となりにいるスーザンに、あのお守りを見せ、オオカミのいるとても大きな森の話をしていた。スーザンは、指で、トネリコの実の模様をたどりながら、いった。

「あら、あたし、この模様を知ってるわ。中庭のわきにそって立っている、古い納屋《なや》を知っているでしょう？　虫のくった古い木の柱が、屋根をささえているわね。その柱に、みんな、この模様があるのよ。あたし、なんどもさわってみて、いったいなにかしらと思っていたの」

ロジャーがいった。

「それじゃあ、あの柱はいまそこにあるんだね。この家ができるとすぐに、ぼくがその模様を刻《きざ》んだんだ。幸《しあわ》せをもたらしてくれるようにね」

「この子がロジャーだよ」と、トーリーがいった。

「知っているわよ」と、スーザンはロジャーに笑いかけながらいった。

「ジェイコブはどこ？」と、ロジャーは聞いた。

「ああ、気《き》の毒《どく》なジェイコブ。ジェイコブはいつもこういうことができるわけじゃないってことを、知ってるでしょ。ジェイコブ！　ジェイコブ！　トーリー、あなたの海の歌をうたってみて」

トーリーはうたった。

「ハイ・バーバリの沖《おき》を帆《ほ》かけてすすむ――」

すると、これにこたえて、子どもにしてはたいそう大きく張《は》りのある声が、みんなの頭の上の高みから、うたいかえしてきた。そして、リスが四方八方へ枝づたいに逃《に》げていく中を、ジェイコブが、ザワザワと小枝の音をたてて枝から枝へととびうつりながらおりてきて、スーザンの横に立った。

「ジェイコブ、ここにいる、おじょうさん」

オーランドは、ジェイコブにとびつき、しっぽをふって、特別《とくべつ》の歓迎《かんげい》を示《しめ》した。スーザンがいった。

「うまくいったわ。これで四人になったわね」

ロジャーがいった。

「もしフラジョレットを持ってきてたら、アレクサンダーを見つけられたかもしれないのにな。ぼくたち、いっしょに演奏《えんそう》するんだ」

「ぼくはずっとここにいたよ」

アレクサンダーがいった。ちらちらおどる光をいちめんにあびた下生《したば》えの中にいたので、ほとんど見えなかったのだ。

「ツグミと、フルートで話をしてたんだ」

「これで五人」

このとき、木の外のひろいところから声がした。

「トービー、いらっしゃい。アレクサンダーがブナの木の下にいるわ。ツグミのまねをしてるのが聞こえたの」

葉が持ちあがって、リネットが、子ウサギをあやしながらはいってきた。そのすぐあとには、宝石の首輪《くびわ》をつけた美しいこげ茶色の鹿《しか》を連れて、トービーもはいってきた。

リネットがいった。

「あら、あたしのロジャーも、またいるわ。ロジャーとトーリーは、なんてよく似ているの！はじめはおなじ子かと思ったくらいよ。でも、ロジャーのほうがきつそうな顔つきね」

「おばあさんは、ぼくのことをトーリーだと思ったよ」

「やれやれ、おばあさんはごちゃごちゃになってしまうんだ。ぼくのことは、よくトービーとよんでるよ」と、トーリーがいった。

「六人、七人ね。今日はだれが『本物』なの？」とスーザンが聞いた。

「今日はトーリーさ」と、ロジャーがいった。

カーテンがまたひらいて、こんどは背《せ》の高い、ほっそりした女の子がはいってきた。トービーとおなじ年つきで、おなじくらい美しく、長いきれいな髪《かみ》の毛《け》をしていた。輪のすぐ内側で、ひとりぼっちの人のようにためらっていたが、やがていった。

「はいってもいい？　わたし、あなたがたみんなのことを考えていて、のけものになるのがたまらなかったのよ。このブナの木は、わたしのものでもあったの」

「これで八人。この人はだれ？」とスーザンがいった。

「わたしですよ、わかるでしょ」

トーリーは笑って、そちらに走りよった。そして、その手をとりながら、いった。

「わかるさ。いつでも、どこでも、わかるよ。ぼくのおばあさんだ。たったひとりのおばあちゃんだ」

「トーリーや！　わたしはね、生まれてからずっと、ここに生きてきたのよ。そして、いつも、この人たちを見たり、聞いたりしてきたの」

「わたしたちも、あなたを知っています」

みんながいった。スーザンは立ちあがり、女の人の腕《うで》をとった。

「あなたが、あたしのおばあさんだったらいいのに。あたしのおばあさんは、おそろしい人だったわ」

ジェイコブがいった。

「あの人、年とったワニ。年とったスッポン。おじょうさんを、ステッキでたたく。ここにはいない」

いまは若《わか》くなっているおばあさんのはずの人は、ロジャーのほうをむいた。

「ロジャー、わたしはこの家を、あなたのために守ります。わたしのあとには、トーリーが守るでしょう。もしこの家がなくなったら、わたしたちはどこにいればいいというの？　それからね、ロジャー、この指輪をわたしのためにとっておいてちょうだい。これは先祖伝来《せんぞでんらい》の家宝《かほう》です。あなたの奥《おく》さんのためにとっておいて。そうすれば、わたしのところにもどってくるわ」

ロジャーは、指輪をうけとるために片《かた》ひざをつきながら、いった。

「うへっ！　なんだかこんがらがって、もう考えられないよ。頭がぐるぐるまわってしまう。でも、たしかにとっておきます。そして、指輪があなたのところにもどっていくようにします」

木の葉がサラサラと音をたて、一枚、また一枚と、木からはなれ、まるで朱色《しゅいろ》の羽毛のように、地面へすべり落ちた。まるで、木が羽をととのえて、身づくろいしているようだった。二、三日たてば、子どもたちのあつまり場所のすきとおったドームはなくなり、冬のがい骨《こつ》のような木だけが残《のこ》って、太陽をあびることになるだろう。ロジャーは大きなため息をついたが、し

かし、ひとつ大きな約束《やくそく》をしたのはたしかなことだ。ロジャーは、腰をかけて、指輪をじっと見つめた。そして息《いき》を深くすいこんだ。すると、うしろをふりむかないでも、うしろの森のかおりをかぎ、たくさんの木のこずえでそよ風がやさしくため息をついているのを聞くことができた。

目のまえには、川の両岸のながめが遠くまでひろがっていた。たがやした畑や、作付けを休んだ畑が、細長いしま模様をつくっており、共有地《きょうゆうち》や、コリヤナギの林や、果樹園《かじゅえん》があり、そしてむこうには、あのできたばかりのマナー館が、まさしくロジャーのものである家が、あった。

ロジャーは、ここにすむおおぜいのうちのひとりにすぎないが、最初《さいしょ》の人なのだ。あんなによろこんでじぶんをむかえてくれた子たちも、じぶんの子孫《しそん》なのだ。おばあさんでさえもだ！ロジャーはおかしくなって笑い、家へむかった。花とおなじだけチョウチョウのいる土手にそって、いろいろなかおりを胸いっぱいにすいこみながら、歩いていった。

数知れないさまざまな生きものをうけ入れる、ひろびろとした世界に生きているということは、すてきなことだった。そこでは、人間の音は、斧《おの》のひびきや、馬車のきしみや、舟《ふね》をこぐオールのゆっくりしたリズムや、草刈《くさか》り鎌《がま》が鳴ったり、ポンプの柄《え》がうなったりする音や、教会の鐘《かね》の音《ね》となってあらわれる。家へむかうとちゅう、ロジャーはこういう音をすべて聞くことができた。おそろしい怪物《かいぶつ》が空から舞いおりておそってくることもなく、金属《きんぞく》のカブトムシが毒のにおいを残してすっとんでいくこともなかった。ロジャーの村は、遠くのしげみの中のサギが巣《す》をつくる森のように、はてしない田園の中にちょこんとおさまっていた。家に帰るのは、このうえない幸せだった。

ロジャーは、おばあさんにガラスのビンを見せて、川の土手で見つけた、と話した。そうにはちがいなかった。おばあさんがあんまりびっくりしたので、ロジャーはそのビンをおばあさんにあげた。おばあさんは、ビンから飲む水は、革《かわ》の袋《ふくろ》や牛の角《つの》から飲む水よりずっと新鮮《しんせん》だ、といった。こんなふうにもいった。王妃《おうひ》さまでも、こんなものはお持ちかどうかわからない、外国の商人が、ピーターバラの司教《しきょう》さまのもとへ、宝物《たからもの》を持って川をさかのぼるとちゅうで、落としていったものにちがいない。司教さまは、とてもぜいたくなくらしをしているという評《ひょう》判《ばん》だからね、と。そのビンには、ローマ字が書いてあったが、おばあさんにも、ロジャーにも、意味がわからなかった。「ビン代ハアトカラカエシマス」「シュエップス飲料会社」というのだ。

「おや、見たことのない指輪をはめていること。見せてごらん」

指輪は金で、暗いオレンジ色の石がはめこんであり、その土台に、槍《やり》と楯《たて》を持ったローマの兵士《へいし》の小さな姿《すがた》が刻みこまれていた。

「この指輪も、川の土手で見つけたの？」

「いいえ、あそこで手に入れたんです」

ロジャーは、窓の外の、将来《しょうらい》はブナの木がそびえるはずのところを指さした。

「堀《ほり》をつくったときに掘《ほ》りかえした土をつんであるところです」

「あなたは運がいいのね。ふと水の中に落としてしまうものは多いけど、また見つけられることはほとんどないのよ。とっておきなさい、ロジャー。なくしてはだめよ。あなたの幸運《こううん》なのですからね」

「うん、おばあちゃん。だいじょうぶだよ」

16　長い影

　数日間、ロジャーはヴァイキングに乗ったり、小姓《こしょう》たちと泳いだり、職人《しょくにん》が仕事をしているのをながめたりして、家でとても楽しくすごした。彫刻師《ちょうこくし》は、おさな子のキリストと、聖《せい》クリストファーさまの体と、その衣《ころも》のひだをみんな刻《きざ》みあげたあと、いまは、聖クリストファーの足もとの、すきとおった水の中を泳ぎまわるさかなたちを、信《しん》じられないほどのたくみさで、石から刻み出していた。ロジャーはまた、オラフの仕事も見物した。このかじやの明るい青い目は、なにもかも見とおすようにロジャーを見つめ、指輪《ゆびわ》にも気づいたにちがいないのだが、なにもたずねなかった。それから、大工《だいく》がいたし、屋根ふき職人もいた。ロジャーはまた、矢づくり職人から習って、トネリコの木をナイフでけずり、それに灰色《はいいろ》のガチョウの羽をはさんで、矢をつくった。

　馬上試合《しあい》の訓練《くんれん》も、うまくすすんでいた。十回のうち八回は、的《まと》を槍《やり》でつくことができ、もっと大きな木の楯《たて》を持つようになっていた。おとうさんは、楯にロジャーの紋章《もんしょう》をかくことをゆるしてくれた。箔《はく》おき師《し》にかいてもらうのだ。楯をたて横四つに区切って、ドルノーの紋章と、ド・グレイの紋章を組みあわせた模様《もよう》である。こんな楯を持って乗馬するなんて、ロジャーはうれしくて、顔じゅうが笑顔《えがお》になってしまいそうだった。

ロジャーの指輪が家族のあいだに巻《ま》き起《お》こした驚《おどろ》きは、間もなくしずまったが、それが指の上にあることは、ロジャーにいつもふしぎな思いをいだかせていた。あの空気と、道路と、当《とう》然《ぜん》いるはずの生きものがいなくて息がつまりそうだったことも、悪夢《あくむ》のように遠くかすんでいって、反対に、あんなに長いこといろんな人のすんだ古い家のほうが、いまでは、じっさいの家よりもっと本物のように思えてきた。ロジャーは思った。

(いまだけでは、家もぜんぜん意味がないか、意味があってもたいしたことないんだ)

それで、空には色とりどりの木の葉がそよ風にのって元気よく走り、樹木《じゅもく》がいそいではだかになっている、ある晴れた秋の日、ロジャーはヴァイキングに乗って、外に出た。袋《ふくろ》をひとつ持っていたが、それはロジャー島の林で、ハシバミの実をとって入れるつもりだった。ロジャー島では、枝《えだ》という枝が、かざりのついたさかずきの中に、つやつやしたふたごの実を入れてさし出しており、指でつまむと、どの実もすばらしくみごとな形をしていた。ロジャーは、その殻《から》を奥歯《おくば》にはさんで、かみくだくことができた。ワチェットもそれにむちゅうで、じょうずだった。ロジャーは、ヴァイキングをなわでつなぎ、袋が四分の一になるまで実をとった。

お石さまは、青くすんだ秋の光をあびて、かがやいていた。そのつぶつぶの表面をちかくで見ると、さまざまな色がまじり、まだ細工《さいく》したりみがいたりしてない鉱山《こうざん》の宝石《ほうせき》のようだった。お石さまは、丘《おか》の上に立っていて、はてしない青空とのあいだには、いつしか消えていく、気のよい旅人のような二、三の白雲のほかは、なにもなかった。

ロジャーは、このながめの気高《けだか》い感じに心をうたれ、王さま石にむかって深くおじぎをすると、腰《こし》をおろした。じぶんのまえとあとにつづいている大きな時間のひろがりということ以外《いがい》には、なにもはっきりした考えを持っていなかった。しばらくして、さまざまな思いはひとつの願《ねが》いへまとまっていった。

「トーリー、もうひとりのぼく。もういちど、トーリーに会いたい」

すぐさま、まえに悪夢の中で聞いたことのある、さわがしい音が聞こえてきた。奇怪《きかい》な形のものが、大地をふるわせながら、道を走ってきた。塔《とう》のようなものがてっぺんについていて、黒い雲をはき出しながら、急にかたむいたり、地面を泳いだりする。ロジャーは、逃《に》げだそうとして汗《あせ》だくで足をけっているヴァイキングのところへとんでいき、丘の反対側《はんたいがわ》のほうへ、横むきにおどるようなかっこうで、連《つ》れていった。ワチェットまでもが、足のあいだにしっぽをたれ、うなり声をあげながら、赤い目をして、そこに逃げていった。

そのとき、トーリーがポニーに乗って、怪物のほうにすすんでいくのが見えた。怪物は、道を離《はな》れ、ぐっとかたむいたかと思うと、あさい小川を越《こ》えて突進《とっしん》し、お石さまのほうへはいあがっていっていた。トーリーのポニーは、ぜんぜん平気なようすで、乗り手が怪物の首の上にすわっている男たちにさけんでいるあいだ、しずかに立っていた。男たちが怪物をしずめると、騒音《そうおん》と黒い煙《けむり》がやんだ。シーンとした中で、ロジャーは大声をあげて手まねきし、トーリーも手をふりかえした。トーリーは男たちに話してから、ロジャーのところへ馬でおりてきた。おちつきはらった馬がそばにやってきたので、ヴァイキングも、まだふるえてはいるが、しずかになった。

「いったい、あれはなんなの?」

「クレーンのついたトラクターさ。お石さまをとりはらうためにきたんだ」

「お石さまをとりはらうって? そんなことできないよ」

「あの人たちにはできるんだよ。博物館《はくぶつかん》に持っていくつもりだといってる。とても古いからなんだって」

「古いって! 古いって! 古いなんてもんじゃないよ」

ロジャーはうめきながらいった。

ロジャーがいかりにふるえているあいだに、男たちは怪物からとびおりて、大声で命令《めいれい》を出した。騒音がまたはじまると、あの塔から、先に巨大《きょだい》なペンチのついた一本の長い腕《うで》が、にゅっと出てきた。ペンチは、しばらく上のほうでゆれていたあと、おりてきて、王妃石《おうひいし》をつかんだかと思うと、ひと声うなり、ひとひねりしただけで、まるで歯をぬくように、地上からむしりとってしまい、ぐるっと回転して、うしろの荷台におろした。これだけのことが、恐怖《きょうふ》と、信じられない思いとで、ロジャーが身うごきもできないでいるあいだに、すんでしまった。それからまた、腕がまえにのびてきて、ぐいぐいと二度ひき、おそろしい破滅《はめつ》の音を発し、男たちのさけび声がたくさんしたかと思うと、王さま石が空中にあがり、ゆれていた。ロジャーは、悲鳴をあげることさえできなかった。気を失《うしな》ってしまったのだ。

ふたたび気がついてみると、トーリーが顔に水をかけ、ワチェットが手をなめてくれていた。すべてがしずまりかえっていた。ロジャーは起きあがろうとがんばった。あのおそろしいものはいなくなっていた。

しずかな丘は、しずんでいく太陽によって、しま模様の影《かげ》がついていたが、もうどの影にも、お石さまの存在《そんざい》を示《しめ》すものはなかった。お石さまのあったところには、小さな口をあけた穴《あな》がふたつあったが、すぐ草がいっぱいに生えてしまうだろう。ロジャーは、涙《なみだ》で顔をくしゃくしゃにしながら、見ていた。そしていった。

「お石さまはとても古くから、じぶんたちの場所におちついていたのに、どこへ連れていかれちまったんだろう」

「博物館さ。そこには、古いものが保存《ほぞん》してあるんだ」

だが、ロジャーはくりかえした。

「でも、ちゃんとじぶんたちの場所にいたんだよ。そこから出たら、死んだもおなじだよ。そんなことするなんて、おそろしいことだ。教会に強盗《ごうとう》にはいるのとおなじくらい悪いことだ。そしてあのれんちゅうは、悪漢《あっかん》とおなじなんだ。人をひきずっていって、殺《ころ》そうとする人間とおなじだ」

ロジャーは立ちあがって、ヴァイキングの鼻をやさしく愛撫《あいぶ》し、口もとの馬具にねじれこんでいる草の切れはしをひきぬいてやった。それから、物悲しそうな目をトーリーにむけた。

「きみはあのようなことをあたりまえと思うの？」

トーリーは、知らぬ間にロジャーのおばあさんの言葉づかいをしながら、こたえた。

「ときどきこんなことがあるんだよ。でも、ぼくのおばあさんも、ぼくも、それを避《さ》けるように、できるだけのことはしているんだよ。おばあさんは、人生の毎日毎日を、グリーン・ノウのために戦《たたか》っているんだ。こんどのこと、ぼくたちは知らなかったんだ」

それから、悲しそうにつけ加《くわ》えた。

「さあ、これでぼくは、もう二度とけっしてきみのところには行けないんだ。もうけっして、きみの家のむかしのようすは見られないんだ」

「ぼくにいわせれば、ぼくの家のいまのようすだよ、きみに見られなくなるのは」

ロジャーは、ようやく心をおちつけて、いった。

「つまりね、ぼくのときには、お石さまはまだここにあって、ぼくのほうはきみに会うことができるんだ」

ロジャーはひとりになっていた。そしてお石さまは、じぶんたちの場所にちゃんと立って、長い影《かげ》をまえのほうになげかけていた。

訳者あとがき

亀井俊介

ルーシー・M・ボストン夫人《ふじん》の名作「グリーン・ノウ物語」は、はじめ全五巻《かん》で完結《かんけつ》する予定だったと思われます。しかしこれを書きあげたあと、作者はさらにこのシリーズ全部の舞台《ぶたい》となっている――いや、単《たん》に舞台であるだけでなく、シリーズの生命ともなっている――グリーン・ノウの家そのもののことを書《か》き残《のこ》しておこうと思ったにちがいありません。そこでこの家の起源《きげん》や歴史《れきし》を、十一歳《さい》の少年ロジャーの体験《たいけん》を中心にして語ったのが、『グリーン・ノウの石』です。五巻の物語に登場したさまざまな子どもたちが、ここに、時代を越《こ》えて登場してきます。これは「グリーン・ノウ物語」の総《そう》まとめをした作品といってよいでしょう。

時代は西暦《せいれき》一一二〇年、イギリスがまだ戦争《せんそう》にあけくれていたころのこと。サクソン人を征服《せいふく》して新しい支配者《しはいしゃ》になったノルマン人の貴族《きぞく》が、マナーとよばれた領地《りょうち》に、お城《しろ》を兼《か》ねた館《やかた》を建《た》てます。ものすごく大きな石を積《つ》み、大きな窓《まど》や暖炉《だんろ》や煙突《えんとつ》をそなえた、堂々《どうどう》たる家です。貴族の息子《むすこ》のロジャーは、この家を誇《ほこ》りにし、心から愛《あい》します。そしてこれがいつまでも建っていてくれることを願《ねが》うのです。

ロジャーは、領地のはずれに見つけた「お石さま」の魔法《まほう》によって、まず五百四十年先の家を訪《おとず》れます。そして、トービーや、リネットや、アレクサンダーたちに会います。『グリーン・ノウの子どもたち』を読んだ人は、トービーが馬のフェステをどんなにして乗りまわしたか、アレクサンダーがフルートをどんなにうまく吹《ふ》いたか、またリネットがどんなに可愛《かわい》かったか、もうご存知《ぞんじ》ですね。

ロジャーは、それから、さらに百四十年先の家を訪れます。そして、スーザンとジェイコブに会います。『グリーン・ノウの煙突』に登場する、あの目の見えない女の子と、黒人の少年ですね。スーザンのおかあさんが、見栄《みえ》っぱりの軽はずみな女だったことをおぼえている読者も多いでしょう。

このおかあさんのために、だいじな家をだめにしてしまわれたのではないかと心配するロジャーは、さらに遠い先、一九七〇年ごろの家を訪れます。そして、じぶんにそっくりの少年であるトーリー、トーリーのおばあさんのオールドノウ夫人に会います。トーリーがこの家でするさまざまな冒険《ぼうけん》は、「グリーン・ノウ物語」のほとんどすべての巻に語られていますから、もう知らない人はいないでしょう。

ロジャーは、じぶんよりずっと未来《みらい》のこれらの子どもたちと、しだいに仲《なか》よくなり、最《さい》後《ご》に、家の庭の大きなブナの木の下に集まって、にぎやかなパーティーをひらきます。オールドノウ夫人まで、ついにいたたまれなくなり、若《わか》い少女になって参加《さんか》します。

ロジャーのマナー館が、現在《げんざい》のグリーン・ノウの家になったのでした。長い間に、家はなんどか危機《きき》に会いました。これからも会うでしょう。そして、必《かなら》ずしも幸《しあわ》せな人ばかりが、ここに住んだわけではありません。しかし、ここに生きた子どもたちにとって、この家は永遠《えいえん》の生命を持つものなのです。そして子どもたちの純《じゅん》な心は、この家とともに、時間のへだたりを越えて、未来の子どもや、過去《かこ》の子どもとまじわり、遊び、親しみあうのです。

グリーン・ノウの「石」は、まさにその時間を越えて生きるものの代表だといえましょう。作品の中でいわれるように、「石はいつまでもおぼえている」ものです。そのあたたかみ、その生命に心をかよわせるにつれて、ロジャーは、「じぶんのまえとあとにつづいている大きな時間のひろがり」を知るようになっていきます。『グリーン・ノウの石』は、美しい幻想《げんそう》の物語であると同時に、心をひろげ、豊《ゆた》かにしてくれる、感動的な作品です。

作者のルーシー・M・ボストン夫人は、一八九二年、イギリスのランカシャー州《しゅう》サウスポートという町に生まれました。父は技師《ぎし》を職業《しょくぎょう》としていましたが、たいへん信仰心《しんこうしん》の強い人で、ルーシーはきびしい宗教的《しゅうきょうてき》な雰囲気《ふんいき》の中に育ったようです。そして、そういう雰囲気の重苦しさに反発し、美しい自然《しぜん》の風景を愛したり、ダンスに夢中《むちゅう》になったり、演劇《えんげき》や音楽に親しんだりしたらしい。ずいぶん活発な少女だったように思えます。

一九一四年、第一次世界大戦の始まった年、親の遺産《いさん》を自由に使えるようになった二十二歳のルーシーは、あこがれていたオックスフォード大学のサマヴィル・カレッジに入りましたが、大学の形式的なやり方にも、まわりの人たちの俗《ぞく》っぽい生き方にもすっかり幻《げん》滅《めつ》し、一年で退学《たいがく》してロンドンに移《うつ》り、聖《せい》トマス病院で看護師《かんごし》の訓練《くんれん》をうけました。それから、パリの病院に配属《はいぞく》され、戦争による混乱《こんらん》を身をもって体験しました。しかし、元気よくそれをしのいだようです。小説《しょうせつ》中のオールドノウ夫人には、おだやかな信仰心と同時に、形式だけの信仰をきらう気持ちが強く、また落ち着いた品のよさと同時に、やんちゃや娘《むすめ》のような活気がありますが、若いころのルーシーの成長《せいちょう》の姿《すがた》にも、その性格《せいかく》にも、そういう特徴《とくちょう》はよくあらわれています。

戦争の終わる前年、一九一七年に、ルーシーはなめし皮製造業者《がわせいぞうぎょうしゃ》のハロルド・ボストンと結婚《けっこん》、息子のピーターをもうけましたが、一九三五年に離婚《りこん》しました。(それでも西洋の習慣《しゅうかん》にならって、最後までボストン夫人とよばれます。) 離婚後、しばらくヨーロッパ大陸《たいりく》で生活し、「世捨て人《よすてびと》」のようになって、絵を描《か》くことにうちこんでいたといいます。

そして一九三九年、ルーシーは息子のピーターが入学しているケンブリッジ大学を訪れ、あちこち絵を描いているうちに、むかし訪れたことのあるヘミングフォード・グレイで売りに出ている家があることを聞きこみ、ごく気軽に見に行きました。一一二〇年に建てられたというこの石づくりの家を「一目で気に入り、たちまち心を奪《うば》われ」、「その場ですぐに……買った」と自伝《じでん》で述《の》べています。

それから、第二次世界大戦がすでに始まっていましたが、ルーシーは「廃墟《はいきょ》」のようになっていたこの家を修復《しゅうふく》し、荒《あ》れはてたひろい庭を整備《せいび》することに熱中《ねっちゅう》しました。そんな仕事をし始めたある日のことを、ルーシーはやはり自伝の中で、つぎのように語っています。

ある日曜日、若い友だちと私《わたし》は、誰《だれ》もいないはずの玄関《げんかん》の外側《そとがわ》で草取りをしていた。これは、未来の庭に向けて私が行動を起こしたまさに最初《さいしょ》のときだった。私たちは、かがんで黙々《もくもく》と仕事に励《はげ》んでいた。しばらくして私は言った。「家の中ではずいぶんいろんなことが起こってるようね。いやになるわ」。そうね、と彼女《かのじょ》は言ったが、しばらく前からその物音を聞いていたのだった。

これはまるで幽霊話《ゆうれいばなし》のようですが、やがて「家の中で……いろんなことが起こっている」という思いが発展《はってん》していったとき、ルーシーはこの建物（いまでは、マナー・ハウスとよばれます）と庭とから生命を汲《く》みとり、子どもたちの美しい物語を書き始めたのだと私は思います。

こうして一九五四年に「グリーン・ノウ物語」の第一巻、『グリーン・ノウの子どもたち』が出ました。作者が六十二歳のときです。出版社《しゅっぱんしゃ》ははじめ、これをおとな向けの本として出すつもりでしたが、ルーシーが、ピーター・ボストンのさし絵つきで、と言《い》い張《は》ったため、当時の習慣で、さし絵つきの本を書く作家ボストン夫人は、子どものための作家、ということになったそうです。

しかしこのことは、児童《じどう》文学のためには非常《ひじょう》な幸運《こううん》でした。おかげで、おとなが読んでもすばらしいけれども、特に子ども向きに書かれた「グリーン・ノウ物語」シリーズが、つぎつぎと世に出ることになったのですから。その第四巻、『グリーン・ノウのお客さま』が、イギリスの児童文学界で最高の名誉《めいよ》とされる一九六一年度の〝カーネギー賞《しょう》〟を受けたことは、すでに別《べつ》のところで述べたとおりです。

『グリーン・ノウの石』は、一九七六年に出版されました。ボストン夫人が八十四歳のときです。たいへんな高齢《こうれい》ですが、あいかわらずみずみずしい筆で、時に空想を飛躍《ひやく》させるかと思うと、時にこのうえなく緻密《ちみつ》な描写《びょうしゃ》をしながら、生き生きと物語をくりひろげます。さし絵を描いているのは、いつものように、息子のピーター・ボストンさんです。

ボストン夫人には、「グリーン・ノウ物語」全六巻のほかにも、おとな向きや子ども向きを合わせて何冊《さつ》かの作品があります。しかし「グリーン・ノウ物語」を読んでくださった方に特におすすめしたいのは、自伝の大作である『メモリー』（一九七九、一九九二年。立花美乃里・三保みずえ訳《やく》・二〇〇六年、評論社刊）です。自伝からの私の引用《いんよう》は、この翻訳《ほんやく》によらせていただきました。

こういうかずかずの傑作《けっさく》を残して、一九九〇年、ボストン夫人は九十七歳の見事な生《しょう》涯《がい》を終えられたのです。

最後に、私はこの「グリーン・ノウ物語」が生まれるもととなったマナー・ハウスに、まだご健在《けんざい》だったボストン夫人を訪れたことがありますので、そのときのことを書き記しておきたいと思います。ちょうどこの『グリーン・ノウの石』（旧版《きゅうはん》）の校正をしていた一九八一年の春で、当時ロンドンの大学でイギリス文学を研究していた（その後亡《な》くなりました）妻《つま》も同行し、至福《しふく》の一日をすごしましたので、なつかしい思い出になっています。

その日の日記から抜《ぬ》き書《が》きさせていただきます。

四月七日（火）薄曇《うすぐも》り

ルーシー・M・ボストン夫人を訪問《ほうもん》する日。朝、ボストンさんに電話して、時間の打ち合わせ。キングズ・クロス駅十時五分発の列車で行く。一時間足らずで目指すハンティングドンに着く。ここは昔、州都だったが、ケンブリッジにその地位《ちい》を奪われたらしい。車中で、ここがオリヴァー・クロムウェルの出生地であり、クロムウェル博物館《はくぶつかん》もあることを知り、ハンティングドンの駅員に尋《たず》ねたが知らない。しかし着くのが早すぎたので、いろんな人に聞きまくって、見に行く。まことに小さな博物館。クロムウェルの生まれた家というのも見る。ここで持参のサンドイッチを開いて昼食。

一時、駅に戻《もど》る。打ち合わせ通り、ボストン夫人の手配してくれたタクシーが来て、マナー・ハウスへ行く。十五分ほど乗り、車が門を通って庭に入ると、いきなり、本で読んでいた、いろいろな形にきれいに刈《か》り込《こ》んだたくさんの植木が目に入る。家の前に車が止まると、ボストン夫人が庭の方から出て来られた。写真で見ていた通りの、背《せ》の低《ひく》い、しわくちゃのおばあさんだが、足どりはたいそう元気。握手《あくしゅ》して規子《のりこ》（妻）を紹介《しょうかい》すると、まるで旧友に会った時のようにすぐさま庭を案内《あんない》してくれだした。王冠《おうかん》の形に刈り込んだ木もある。聞くと、エリザベス二世の結婚式《ジュビリー》（一九四七年）の時、祝《いわ》いにこれをつくったのだという。このあたりの庭の外は「川」だ。今日少しボートが出ていたが、日曜にはボートがいっぱいになるそうだ。それから脇《わき》の方に行くと、やぶの中に、鹿《しか》の形に刈り込んだ木があった。頭は少し脇を向いている。頭をゆすると尻尾《しっぽ》もゆれる。夫人はそういうことを、じつに嬉《うれ》しそうに話してくれる。いろんな植物を育てている。庭師をやとい、友人も手伝《てつだ》ってくれるが、自分もたえず植木仕事をしている。結婚式《ジュビリー》の木は、はじめ小さかったのに、いまは背がとどかぬほど大きくなって困《こま》っている、などなど。

広い庭をあちこち案内された後、家の中に入る。ノルマン時代からあり、住居《じゅうきょ》としてはイギリスでいまある最《もっと》も古い建物だという（『グリーン・ノウの石』に書かれていることは、すべて本当ですと夫人はいっていた）。それぞれの部屋がすばらしい（本に書いてある通りだ）。一メートル以上《いじょう》もの石の壁《かべ》の厚《あつ》さには、まことに驚《おどろ》かされる。屋根裏《やねうら》部屋は思ったより広い。子ども用のベッドが二つあり、いまも孫《まご》たちが遊びに来て使うという。そこの窓から外を眺《なが》めると、トーリーやピンの感動がわかる気がする。一階に降《お》り、鳥たちのためにドアを開けてパン屑《くず》を投げてやると、本当にいろんな鳥が集まってくる。

ようやく落ち着きを得《え》て、その部屋でお茶《ティー》のご馳走《ちそう》になる。昼食を用意されていたのだが、自分たちは一時に駅、という打ち合わせ時間からして、日本的な習慣で、もう昼食をすませたといってことわると、たいへん残念《ざんねん》がっておられた。お茶はシナ茶で、夫人はさかんに smoky だといっていた。ほうじ茶の味のことだろう。駅に近いクロムウェル博物館へ行った話をしたが、夫人はぜんぜん話に乗ってこなかった。クロムウェルを、狂信的《きょうしんてき》で、歴史上の遺物《いぶつ》を破壊《はかい》した人物として嫌《きら》っているようだった。あちこち話題がとぶうちに、『源氏《げんじ》物語』（アーサー・ウェイリーの英訳本《えいやくぼん》）はすばらしいという話になった。当時の音楽のレコードがあったらほしい、などともいわれる。自分には『源氏物語』に音楽のシーンがあったかどうかも記憶《きおく》にないのだが。いろんな日本人が訪ねてくる、という話にもなった。瀬田《せた》（貞二《ていじ》）氏《し》の名前も向こうから出され、よい人だといっていた。ほかに数人の日本人が私の作品を訳してくれている、イギリスでは出版社の都合《つごう》で私の本は絶版《ぜっぱん》にされがちなので、これからは日本に頼《たよ》らなければ、と冗談《じょうだん》のような本気のような話だった。日本人からよく手紙をもらうが、その（特に子どもの手紙の）字のうまさには驚く、ともいわれる。自分は自分の悪筆ぶりをあやまったが、笑《わら》っておられた。ともあれ夫人は、日本の読者を非常に大切にされているようだ。そして気がつけば、日本の装飾《そうしょく》や美術品《びじゅつひん》をいろいろと飾《かざ》っておられた。

お茶《ティー》の最後に、自分が、あなたは一方で、特に庭の植物や動物などについて非常に精密《せいみつ》な描写をされ、それを日本語に映《うつ》すのに苦労《くろう》するくらいだが、他方で、たいへん奔放《ほんぽう》な空想を展開される、と述べたら、言下に、きっちり緻密に表現しなければ信用されませんからね、という答えが返ってきた。

夫人はいま八十九歳、毛皮のちゃんちゃんこを着、もじゃもじゃの髪《かみ》をしていて、はじめおばあちゃんという印象《いんしょう》だったが、だんだん、元気なおばさんという感じになってきた。少しはずかしそうな笑い声をよく出される。そして話がじつによい。こちらをたいそう気遣《きづか》い、いそがしく動かれる。

やがてまた庭に出た。今度は堀《ほり》にそって一周《しゅう》した。たいそう広い。夫人はゆっくりだが、しっかり歩かれる。バラをたくさん栽培《さいばい》し、紀元前《きげんぜん》からの種類《しゅるい》もあるようだった。竹やぶがあり、笹竹《ささたけ》のやぶの中には「ピンの小屋」もあった。ハンノーがかくれていたやぶはあの辺《へん》よ、などと教えられる。ただし、いまは屋敷《やしき》の外で公共《こうきょう》の運動場になっているあたりも、当時はやぶだったという前提《ぜんてい》であの物語はできているという説明だ。チャペルだったという小さな建物も見る。聖クリストファーさまの石像《せきぞう》は空想の産物《さんぶつ》ですかと聞いたら、もとここに立っていたものだという話だった。作品の中でよく子どもたちが集まる大きなブナの木（いまは葉がなく裸《はだか》だが）が夫人は好《す》きらしく、その下で写真を撮《と》らせていただいた。もう一本、雪が降《ふ》ると家になるイチイの木もそばにあった。こちらは緑がいっぱいだ。

庭を一周すると、芝生《しばふ》に折《お》りたたみ椅子《いす》を出し、すわって話し合った。ちょうど折《おり》よく今日は太陽が姿を見せている（珍《めずら》しいことのようだ）。じつに楽しかった。
四時に迎《むか》えのタクシーが来、残念ながら別《わか》れを告《つ》げる。夫人は一人で案内と接待《せったい》をぜんぶしてくださり、たいそうお疲《つか》れだったにちがいない。ハンティングドンを四時半ころの列車に乗り、ロンドン五時半着。自分たちも疲れたが、自分にはこんどの短いイギリス旅行で最も実り豊かな一日であったように思える。

この翌日《よくじつ》、妻と私はロンドンで、ボストン夫人が興味《きょうみ》を示《しめ》されていた『源氏物語』の新しい翻訳（エドワード・サイデンステッカー訳）を見つけ、昨日《きのう》のおもてなしへの礼状《れいじょう》を添《そ》えて、夫人にお送りしました。夫人が亡くなり、マナー・ハウスはいまピーターさんのご家族に管理《かんり》され、一般《いっぱん》に公開もされているようです。そのどこか片《かた》すみに、いまも『源氏物語』がおさまっていたら嬉しいな、などと私は勝手な形で、たった一度のボストン夫人とマナー・ハウス訪問をなつかしんでいます。

＊本書は、一九八一年に評論社より刊行された『グリーン・ノウの石』の改訂新版です。

ルーシー・M・ボストン　Lucy M. Boston
1892年、イングランド北西部ランカシャー州に生まれる。オックスフォード大学を退学後、ロンドンの聖トマス病院で看護師の訓練を受ける。1917年に結婚。一男をもうける。その後、ヘミングフォード・グレイにある12世紀に建てられた領主館（マナー・ハウス）を購入し、庭園づくりや、パッチワーク製作にたずさわりながら、60歳を過ぎてから、創作を発表しはじめる。代表作は、６巻の「グリーン・ノウ」シリーズ。1962年、『グリーン・ノウのお客さま』でカーネギー賞を受賞。1990年没。

亀井俊介　Shunsuke Kamei
1932年、岐阜県に生まれる。東京大学名誉教授。岐阜女子大学教授。『近代文学におけるホイットマンの運命』（研究社出版）で日本学士院賞、『サーカスが来た！―アメリカ大衆文化覚書―』（岩波書店）で日本エッセイストクラブ賞、『アメリカン・ヒーローの系譜』（研究社出版）で大佛次郎賞を受賞。『わがアメリカ文化誌』『わがアメリカ文学誌』（ともに岩波書店）など多くの著書のほか、児童書の翻訳に『トム・ソーヤの冒険』（集英社）、注解に『大きな森の小さな家』（研究社出版）などがある。

グリーン・ノウ物語６　**グリーン・ノウの石**
2009年２月20日　初版発行　　2016年９月20日　３刷発行

著　者　ルーシー・M・ボストン
訳　者　亀井俊介
装　画　ピーター・ボストン
装　幀　中嶋香織
発行者　竹下晴信
発行所　株式会社評論社
〒162-0815　東京都新宿区筑土八幡町2-21
電話　営業03-3260-9409　　編集03-3260-9403
URL: http://www.hyoronsha.co.jp
印刷所　凸版印刷株式会社
製本所　凸版印刷株式会社

ISBN978-4-566-01266-0　NDC933　188㎜×128㎜　192p.

ボストン夫人がくらしたマナー・ハウスは、現在、息子のピーター・ボストンさんの妻である、ダイアナ・ボストンさんが管理者になっています。事前に連絡すれば、マナー・ハウスの庭園や建物の内部を見ることができます。連絡先は以下のとおりです。

The Manor: Hemingford Grey Huntingdon Cambridgeshire
PE28 9BN, United Kingdom
Tel: +44-1480 463134　　Fax: +44-1480 465026
E-mail: diana_boston@hotmail.com
Website: www.greenknowe.co.uk